길은 언제나 내게로 향해 있다

길은 언제나 내게로 향해 있다

1판 1쇄 발행 2021년 10월 18일

지 은 이 인현
펴 낸 이 신혜경
펴 낸 곳 마음의숲

대 표 권대웅
편집 주간 박현종
편 집 채수희 김혜원
디 자 인 임정현 박기연
마 케 팅 노근수

출판등록 2006년 8월 1일(제2006-000159호)
주 소 서울특별시 마포구 와우산로30길 36 마음의숲빌딩(창전동 6-32)
전 화 (02) 322-3164~5 팩스 (02) 322-3166
이 메 일 maumsup@naver.com
인스타그램 @maumsup
용지 (주)타라유통 인쇄·제본 (주)에이치이피

ISBN 979-11-6285-092-3 (03810)

*값은 뒤표지에 있습니다.

길은 언제나 내게로 향해 있다

어제는 아프고
오늘은 슬픈
이들에게 전하는

마음 수행 산문집

인현
지음

마음의숲

다가오는 매일이 수행입니다

걸망 메고 떠돌다
짐 풀어놓은 지 몇 해가 되었습니다.
오름으로 가는 길목에 '선래왓'이라는 문패를 달고
몇몇 분과 차밭, 채소밭을 일구며 살고 있습니다.
허허벌판이었던 곳이 이제
간단한 기계의 힘과 인간의 땀에 점령당하였습니다.
그래도 자연은 본성을 잃지 않고
인간의 게으름을 끊임없이 시험합니다.

얼마 되지 않는 밭이지만
초보들에겐 여간 힘이 드는 게 아닙니다.
어쩌면 다가오는 매일이 그러합니다.

업業으로 하는 일은 아니지만
그래도 욕심이 줄어들지 않습니다.
사실 비용으로 따지면
시장에서 사 먹는 것이 훨씬 이익이 됩니다.

그런데 왜 비효율적인 일을 하면서 즐거워할까요.

함께 땀을 흘릴 수 있기 때문입니다.
함께 웃고 느낌을 나눌 수 있기 때문입니다.
삶이 맛있기 때문입니다.

여기,
일기장 속의 이야기들이
인연이 닿는 분들에게
작은 위안이 되고 쉼이 되었으면 좋겠습니다.

삶이 곧 수행이다.
말씀하신 옛 어른을
조금이라도 따라가려는 다짐이자
자꾸만 게을러지려는 마음을 경책하는 것입니다.

이 이야기가 묶음이 되기까지 많은 분의 도움이 있었습니다.
감사함은 남은 삶의 등짐으로 삼겠습니다.

쉰아홉 번째 가을에
인현氤鉉 합장

• 차례

저자의 말
다가오는 매일이 수행입니다 4

언제나 첫걸음을 떼는 새날입니다

세상은 언제나 답을 내놓습니다 13
햇살 한 줌에도 의연할 수 있습니다 16
언제나 첫걸음을 떼는 새날입니다 21
있는 그대로 받아들여야 합니다 26
힘듦의 끝에는 누군가의 응원이 있습니다 32
삶의 길에는 늘 선택이 놓여 있습니다 36
내가 떠나보내고 돌아올 뿐입니다 39
그 숲에서 바람만 그득 담고 왔습니다 41
고독의 깊이가 꽃과 같습니다 45
마음을 도둑맞았습니다 48
평화로워지려고 해야 합니다 52
자연은 너무나 많은 것들을 나누고 있습니다 56
별이 지는 걸 보았습니다 60
모든 삶이 그러합니다 63

이제 자신이
봄임을 믿어야 하는
시간입니다

마음의 길이는 오직 마음의 자로 잴 수 있습니다 69

반드시 무엇을 하지 않아도 행복할 수 있습니다 74

모든 것이 무상함을 알면 가능합니다 79

좋은 벗을 선지식이라 합니다 82

이제 자신이 봄임을 믿어야 하는 시간입니다 87

넉넉하지 않다는 생각도 많은 것입니다 90

평화로운 삶이란 찾아지는 것이 아닙니다 94

해야 할 일이라면 그냥 시작하면 됩니다 97

새해 아침, 내 생은 나의 것이 되었습니다 99

마음 안에서 몸이 가까운 사람이 되려 합니다 104

나는 이런 부처를 만났습니다 109

저들의 속도에 내 걸음을 맞추지 말아야 합니다

차 마실 땐 차를 마시세요 119

길은 자신에게로 향해 있습니다 125

건강히 갈등하는 법을 배워야겠습니다 128

당신의 오늘을 위해 기도합니다 132

깨어 있는 때가 바로 꿈꾸는 때입니다 136

원망은 자아를 나약하게 합니다 143

사람 없는 곳에서 혼자의 시간을 더 갖고 싶습니다 148

다 주고 갈 것입니다 154

나의 목적지를 알 수 있다면 좋겠습니다 158

겨울을 겪어야 봄이 옴을 잘 알고 있습니다 162

두고두고 오늘을 많이 그리워할 것입니다 164

내 마음 연못에 개구리가 울었습니다 167

내 시간에 저들의 시간을 맞추지 마세요 171

사는 게 별것인가 싶기도 합니다 174

오늘 살아갈 이유를 만들어봅니다 178

지금, 당신이 온전히 주인공입니다 180

당신은 충분히 준비되어 있습니다 186

더딘 사람만이 또 다른 세상을 만날 수 있습니다

우리 마음의 장소는 심장입니다 193
지금의 만남 하나하나가 소중합니다 196
흘러가는 대로 두어도 괜찮습니다 199
외로움과 차 한잔 나누겠습니다 203
지나고 보면 그리운 것이 삶이겠지요 207
시리기에 더욱 따사로워질 것입니다 210
꽃은 그 마음 저버리지 않고 저렇게 다시 옵니다 213
바람이 오름을 타고 바다를 만나 춤을 춥니다 216
더딘 사람만이 또 다른 세상을 만날 수 있습니다 221
늘 깨어 있게 하는 벗들이 있습니다 225
자신의 이야기를 해야 가슴에 가 닿습니다 229
솔잎차 한잔으로도 행복합니다 234
마음은 항상 같은 자리에 머무릅니다 237
유년의 보리 나라를 기억합니다 240
삶과 죽음이 이어져 우리는 다시 만납니다 244

언제나
첫걸음을 떼는
새날입니다

세상은 언제나
답을 내놓습니다

꽃눈이 세상의 겨울을 지나왔습니다.

세상이 등진 아이도
어미는 저버리지 않듯
봄 햇살은 손을 뻗어
언 땅을 어루만집니다.

지나온 시간을 돌아보면
내 삶의 길에
미안함의 발자국이 또렷합니다.
봄을 위해 지난한 강물 속으로 대지의 눈물이 흐르듯
내 존재는
너무나 많은 희생의 탯줄로 영양을 얻었습니다.

나의 세상은
언제쯤 아름답게 꽃으로 피어날까요?

• • •

그 싹은 이미 내 안에 있습니다.
나에게는 삶을 향한 어떤 질문이 있습니다.
그리고 세상은 언제나 답을 내놓습니다.
때로는 답이 마음에 들지 않을 때도 있지만
그것은 다음 질문을 던지게 하고
오늘을 사는 이유가 됩니다.
나의 꽃눈은
내가 세상을 향해 던지는 질문입니다.

때론, 스스로를 의심하여 물러설 때도 있습니다.
그때마다 저 햇살은 끝없는 믿음으로
내 생명의 꽃눈을 따사롭게 비춰주고 있습니다.

나의 햇살은 참회와 기도입니다.
삶의 실험장인 세상을 향해
스스로를 드러내는 참회로 시작하여

스스로를 향한 믿음으로 끝을 맺습니다.
감사의 기도는
나의 잘못된 물음에도
이해와 용서가 담긴 지혜로운 답을 주고
내 영혼을 사랑과 믿음으로 충만케 합니다.

그때 비로소 내 안의 꽃눈은
세상의 겨울을 지나 아름다운 꽃이 됩니다.

햇살 한 줌에도 의연할 수 있습니다

몇 해 전 지리산 어느 자락에서
'역사의 양지로 나오지 못하면 달빛에 젖어 신화가 된다'
라고 쓰인 이정표를 본 적 있습니다.
산청의 법계사로 향하던 길 같습니다.
그 길의 기억은 아득한데,
달필로 써 갈긴 이정표에는
누군가의 슬픔과 안타까움이 그대로 묻어 있어
오래오래 가슴을 쳤습니다.
그날 신화로 가는 이정표를 따라
목적지에 도착하진 못했습니다.
폭설로 길이 끊겼기 때문이었는데
인연이 아니구나, 하고 돌아왔습니다.

역사란 지혜의 거울이 아니라 업의 거울인 것 같습니다.
그 거울 앞에서 부끄러워할 줄 아는 자들만이
지혜의 얼굴을 마주 볼 수 있을 것입니다.

• • •

요즈음 그 거울 앞에 가끔이라도 서 보는 이가 얼마나 될까요.
수없이 윤회의 바람을 탔으니
이 생을 무엇쯤이라도 좀 알고 있다고 생각했지만,
실은 그렇지 못한 것 같습니다.

이번 여행길에 다시 한번 그때의 이정표를 찾았습니다.
한 여행자가 마음으로 다가와 물었습니다.
"이 길의 끝은 어디지?"
다른 이가 대답했습니다.
"끝나면 길이 아니야, 끝나기 전까지는 길이 있잖아?"

그렇습니다.
길은 끝이 없는 것입니다.
때론 끝난 것처럼 보이기도 하지만 그것은 잠시일 뿐
여행자가 걸음을 멈추기 전까지
길은 계속 이어져 있습니다.

• • •

길이 있어 걷는 것이 아니라
여행자가 걸어가기에 길은 존재하는 것입니다.
걷는 자가 없는 길은 존재하지 않습니다.
길 위에선 바람만이 여행자와 함께할 뿐입니다.

결국 나 자신의 문제였습니다.
내 삶의 주인공을 모른다면
아무리 먼 여행을 한다 하여도,
아무리 오랜 세월을 산다 하여도
결국 제자리인 것입니다.
이번 여행의 출발점이자 종착역인 해인사 일주문에는
이런 글귀가 한껏 멋을 부린 전서체로 새겨져 있습니다.

歷千劫而不古 亘萬歲而長今 역천겁이불고 긍만세이장금
천겁을 지나도 옛이 아니오
만세를 살아도 항상 지금이더라.

• • •

세상사가 희로애락으로 시끄럽다지만
내 안이 더욱 그렇습니다.
가끔은 역사의 양지로 나아가려는 이들의 이전투구 장에서
신화로 남는 이들도 있습니다.
양지를 찾는 이들은
세상 어디에도 없는 이상향을 찾아 걸어갈 것이고,
신화 속에 묻히는 이들은 마음 길을 따라 자유로울 것입니다.
마음 길을 걷는 여행자는
누가 기억해주지 않아도
햇살 한 줌에 의연할 수 있습니다.
누가 손잡아주지 않아도
비 한 줄기에 평화로울 수 있습니다.

산길이 다 지워져도 항상 주인공으로 사시기를…….

언제나 첫걸음을 떼는 새날입니다

낙엽이 새떼처럼 떠나고 난 자리 위로
눈이 소복이 내려앉습니다.
상처 입은 혈관이 지혈되듯
눈물이 얼음 되고
애달픔이 솔가지에 솜처럼 쌓여
가장 소중한 이의 영면을 대하듯
아파지고 나서야
저 시린 눈이
이별의 아픔을 위안하는 줄 깨닫게 됩니다.

이 순간,
내 한 발을 내딛는 순간
그렇게 한 해가 갑니다.
그렇게 한 해가 옵니다.

어느 옛날,
어느 지혜로운 선인이
한 해가 가고
한 해가 오는 시점을
오늘에다 찍었을까요.

모든 것으로부터 이별을 고한
절망의 산야에
따사로운 그 무엇이 아니라
시리디시린 눈이 겹겹이 쌓인
세상의 끝자락에서
새로운 한 발자국,
새로운 날의 획을 시작했을까요.

그렇게
밤새 고독의 불꽃을 피워

• • •

잔상으로 남은 지난 벗들과 대화를 나누다
문득 문을 열고
의식이 깨어나는 맨 처음을 향해
낮보다 더 환한 밤을 지나
걷다가
바로 돌아보고서야 깨닫게 됩니다.
나는 언제나 첫걸음을 떼고 있었구나.

마지막 생을 앞둔 이가
모든 것에 용서를 빌듯
모든 것이 용서되듯
그렇게.

모든 것에 앞서
낙엽이 새떼처럼 떠나간 자리 위로
모든 것의 순결함을 일깨우는 하얀 눈밭 위로

• • •

침묵으로 세상의 모든 살아 있는 것의 심장을 울리며
따사로운 새날의 햇살이 찬란하게 빛납니다.

보리수 아래서 깨달은 이는 말했습니다.
어제는 이미 지나갔고 내일은 아직 오지 않았다.
오직 지금뿐.
지금 다가오는 것들을 긴장된 가슴으로 받아들이며
나의 길을 걸어가야겠습니다.

있는 그대로 받아들여야 합니다

새벽기도를 마치고 사람들과 차 한잔하며 대화를 나눕니다.
땅을 밟고 살아가는 사람들과 보내는 참 평화로운 시간입니다.
이러저러한 이야기를
누가 더 많이 알고 있나 시합이라도 하듯
어제 있었던 마을 뉴스를 서로 앞다투며 들려주는 동안
이들의 얼굴에는 환한 아침 햇살의 미소가 번집니다.
그렇지만 집으로 돌아가면
서로 상처 입히거나 다독이며 화해하는
기쁨과 상처의 삶이 기다리고 있습니다.

영희 엄마는 일 잘하기로 소문난 옆집 말자에게
서운함을 갖고 있습니다.
농번기인 요 며칠, 이웃인 순희네 밭일을 해야 한다며
자신을 도와주지 않았기 때문입니다.
어제, 영희 엄마의 저녁에는
짜증스러운 노을이 드리웠습니다.

• • •

오늘, 분노와 서운함이 짓누르던 이불을 걷어내고
새벽의 고요함을 깨며 밭에 도착했습니다.
말자가 물 한잔을 건네옵니다.
귓불에 스치는 바람과
목을 타고 넘어가는 냉수의 시원함에
아침 햇살 비친 밭의 돌담처럼
옹기종기 쌓인 미운 정 고운 정이 몰려옵니다.
이들은 집보다 밭에서 보내는 시간이 많습니다.
밭을 이웃하고 있어 그 누구보다 오랜 시간을 보내기에
하루의 심장이 함께 뛰기 시작합니다.
흘러내린 땀은 땅심보다 깊습니다.

어느 날, 안면 있는 올레 여행객이 방문했습니다.
어떤 사람에게 상처받고 여행을 시작해
3년이 지났다고 합니다.
외국과 국내 이곳저곳 다니다가

• • •

제주에 들어온 지 3개월째인데
제주가 참 아름답다고 합니다.
오름이나 바닷가에 다니면서
자연과 많은 이야기를 나누었다고도 합니다.
자연이 무슨 말을 하더냐고 물었습니다.
사람과 달리 자연은 오로지 거짓 없고 순수한 이야기를
들려주었다고 답합니다.
그래서, 참으로 자연에게서 들은 말이냐고 물었습니다.
나그네는 아무런 대꾸 없이
언짢은 표정을 지으며 떠났습니다.

며칠이 지나 다시 찾아온 그는
마음의 상처와 자유로운 마음 모두
자신에게 있었음을 알게 되었다고 합니다.
삶의 주인으로 돌아간다며 제주를 떠났습니다.

• • •

제주는 바람이 많습니다.
헌데 바람은 부는 것이 아니라,
부는 무언가를 바람이라고 부르는 겁니다.
그냥 바람이라고 하면 되는 것입니다.
우리가 바람을 지각하지 못하면
바람이라 할 것이 없습니다.
지각은 감각 그리고 대상으로 이루어집니다.
우리는 바람을 볼 수 없지만
바람이 어떤 대상을 움직이게 하거나,
살갗에 부딪힐 때 바람의 존재를 알게 됩니다.
따라서 우리가 바람이라고 이르는 것은
접촉으로 인해 일어나는 의식일 뿐입니다.

걷다 보면 아름다운 꽃을 만납니다.
왜 꽃을 아름답다고 할까요?
냉정하게 말하자면 꽃은 암술과 수술로 이루어진

• • •

자연의 생식기일 뿐입니다.
누가 생식기를 아름답다고 하겠습니까.
존경하는 선생님께 생식기를 가져다드린다고 생각해보십시오.
우리가 얼마나 황당한 일을 하며 살아가는지
알 수 있습니다.

그러므로 우리는 앞에 펼쳐지는 모든 대상을
있는 그대로 받아들여야 합니다.
우리는 자연이라는 대상이
아름다움과 기쁨을 가져다준다고 생각합니다.
그러나 그것은 자신의 조건에 맞춰 생겨난
의식일 뿐입니다.
옆집 말자가 건넨 물 한잔에 화를 푸는 영희 엄마처럼
나쁜 대상이 정해져 있는 것도 아니고
아름답다고 찬탄해야 할 꽃이나
자연의 풍광이 정해져 있는 것이 아닙니다.

• • •

삶 자체가 모두 땅처럼 아름답고 풍요로운 것입니다.
지금 겪고 있는 고통마저도
햇살과 정을 모아 쌓은 돌담처럼
그 자체로 우리의 삶을 풍요롭고 넉넉하게 할 것입니다.
들녘을 걸으며 발이 딛고 있는 대지에
감사의 기도를 올립니다.

힘듦의 끝에는
누군가의 응원이 있습니다

땡볕 내리는 날,
삶에 지쳤을 때는
숲길을 걸어보세요.

바람을 벗 삼아
그늘이 내어준 길을 따라
일상의 밖으로 걸어보세요.

숲의 삶을 들여다보면
고난 속에 평안을 만납니다.
길을 잃어도 당황하지 마세요.
그곳에도
누군가는 생을 의탁하고
행복을 꿈꾸고 있을 것입니다.

• • •

그들의 소리에
가만히 귀 기울이면
그들이 자연의 지혜를 가르쳐줄 것입니다.
진정 소중한 것들의 이야기를 들려줄 것입니다.

세상 밖에 또 다른 세상이 있습니다.
힘듦 끝에는 누군가의 응원이 있고
외로움의 바닥에는 나의 맑은 영혼과 용기가 있습니다.

벗들의 청아한 소리와 함께
숲을 향해 걸어보세요.
싱그런 풀 내음을 맡고, 태초의 심장소리를 들으며
걸음을 옮기세요.

• • •

본래 그곳에 있었던 듯
언젠가 걸어본 듯
길 아닌 길을 만나면 생명의 숨결을 따라
유혹에 이끌려도 불경不經하지 않고
오감이 안정을 찾을 수 있을 것입니다.

그 길을 걸어가다 보면 때론,
자연성을 회복하며
낯익은 내 삶의 흔적도 만날 수 있을 겁니다.

일상으로 돌아오면,
가슴에서 뛰고 있는
숲의 심장소리를 들으며
한동안 용기 내어 살아갈 수 있을 것입니다.

삶의 길에는
늘 선택이 놓여 있습니다

삶의 길에는 늘 선택이 놓여 있습니다.
선택하기 위해서 이것과 저것이라는 선을 긋고
취해야 할 것과 버려야 할 것을 분별합니다.

요즘은 장마철이라
마당에 풀 뽑기가 좋습니다.
얼마나 풀이 잘 자라는지
도구를 빌릴 것도 없이
길게 자란 풀의 밑동을 잡고 팔뚝에 힘을 주면
가슴속 찌꺼기로 남아 있던 번민마저
딸려서 쑥 뽑히는 듯합니다.

그렇게 풀을 뽑다 보니 마당에 경계가 생깁니다.
잔디가 나 있는 곳과 휘휘한 곳으로 나뉘지요.
뽑아야 할 것과 가꿔야 할 것
그 차이와 기준은 무엇일까요?

• • •

결국 뽑는 이의 선택에 달려 있습니다.
그런데도 사람들은 풀을 원망하며 화냅니다.

모든 살아 있는 존재는
다른 삶의 희생을 통해 자신의 욕구를 채웁니다.
삶의 평화는 어떻게 올까요.
내 욕구에 따른 수요를 절제하고
내 노동으로 흘러내리는 땀의 대가만큼
취사하는 데서 옵니다.

내 삶에 욕망이라는 양념을 넣을 땐
그 맛이 어떠하든 받아들여야 합니다.
인생의 여행자가 되어
그 인연들에 감사하며
매일 참회와 기도의 시간을 가져야 합니다.

내가 떠나보내고
돌아올 뿐입니다

나무가 옷을 벗어
온기를 빼앗긴 대지를 덮어놓고
시린 황혼 길을 따라 어디론가 떠나갑니다.
다 털어버리고 가니 홀가분할 터인데
뒷모습 바라보다 초점 잃은 나의 눈빛은
텅 빈 허공을 떠다닙니다.

그렇게
낙엽이 새처럼 자유를 찾아 떠난 자리로
새들은 낙엽 되어 돌아옵니다.
이별을 맞아 싸늘한 가슴에
위안의 춤사위라도 펼치듯
붉은 단풍놀이가 끝나면
무채색의 군무는 펼쳐집니다.

• • •

철새들의 고향은 어디일까요.
새들은 이야기합니다.
당신은 시린 겨울이 온다 하지만
우리에겐 따뜻한 남쪽 나라라고.

저들이 떠나고 돌아오는 것이 아니라
내가 떠나보내고 돌아올 뿐입니다.
따라, 시리다 따뜻하다 변덕을 일으킵니다.
따라, 비워지다 채워지다
따라, 춤추다 적적하다
따라…….

그 숲에서
바람만 그득 담고 왔습니다

저 산중에
너울 바람이 붑니다.
솔숲의 송순이라도 딸 요량으로
큰 포대 들고 나섰습니다.

가슴 부풀어 오르는 솔숲에서
진달래꽃이 좋아지고
바람난 진달래 꽃밭에서
산수국 꽃망울에 마음을 빼앗깁니다.

누가 깊은 산중이 고요하다 하였습니까?
그 숲에선
온갖 잡화雜花가
무쟁無諍의 꽃망울 알알이 터트려
저마다 할喝을 하며 방榜을 걸었습니다.

● ● ●

백년이고 천년이고
내 물욕의 포대로는
꽃잎 하나 넣을 수 없어
너울 바람만 하나 그득 담고 왔습니다.

고독의 깊이가 꽃과 같습니다

지난겨울 내린 눈이 꽃과 같더니
이 봄에는 꽃이 도리어 눈과 같구나.
눈도 꽃도 참眞이 아니거늘
어째서 내 마음은 찢어지려고 하는가.

만해 한용운 스님의 〈견앵화유감見櫻花有感〉이라는 시입니다.
꽃의 향연이 펼쳐지고 있습니다.
이렇듯 봄꽃을 보면
강인한 투사의 가슴도 찢어지는 모양입니다.
그래서인지 사람들의 얼굴도 환합니다.
꽃을 보니
꽃의 마음을 닮은 겝니다.
휘파람새가 꽃숲을 오가며 유혹을 더하고
종다리도 하늘로 땅으로 제 흥에 겹습니다.
이렇듯 따스한 햇볕 속에서
문득 고독의 깊이도 더해집니다.

• • •

꽃을 보는 것에 있어서 섬세하기로는
법정 스님만 한 분도 없습니다.
매화는 반쯤 피었을 때, 벚꽃은 활짝 피었을 때,
복사꽃은 멀리서 봤을 때, 배꽃은 가까이서 봤을 때
아름답다고 하였습니다.
매화 꽃그늘로 가신 지 4주째가 되어
함덕마을 어느 돌담집에 낭창하게 핀 배꽃을 보니
가슴이 서늘합니다.

이른 봄 뒤뜰에 매화 몇 그루를 심으며
퇴계 선생이 마지막 임종을 맞을 때 했다던
매화에 물 주라는 당부의 말씀이 가슴을 짠하게 하더니

이렇듯 화장세계에 들어서서
고독이 더할 줄은 미처 몰랐습니다.
아마 마음을 빼앗기기에는

• • •

좋은 시절 만발한 꽃만 한 게 없는 모양입니다.
들길을 걸어야겠습니다.
꽃잎 하나하나에 떨어진 마음을
주워 담으며 걸어야겠습니다.

마음을
도둑맞았습니다

따사로운 오월의 햇살 등에 받으며
조금 이르다 싶긴 하지만 콩을 심었습니다.
비가 오고 순이 났습니다.
흙먼지 날림을 방비하고자 앞마당에 심었는데
새들, 특히 멧비둘기가 자주 방문하기에
보기도 좋고 지가 먹으면 얼마나 먹겠나 싶어 놔뒀습니다.

그런데 싹이 난 후가 문제였습니다.
숨어 있던 씨앗들마저 모두 노출되자
꿩들까지도 겁 없이 방 문턱 코앞까지 접근해서
며칠째 쫓고 돌아오고를 반복하였습니다.
그러는 사이 나의 일과는 그놈들과 함께하게 되었고
나의 생각은 그놈들의 몸짓에 따라 움직였습니다.

황당한 것은, 어제 늦은 저녁에
이놈들을 노린 야생 고양이가 마당을 덮쳤습니다.

놀라서 신발도 신지 않고 달려나가
사태를 수습하고 안정을 찾은 뒤,
거실에 앉아 남은 싹을 먹고 있는 그네들을 보다가
내가 적(?)들을 보호하였다는 것을 깨달았습니다.

오늘 아침에 햇살 가득한 마당을 보니
휑했던 예전으로 돌아갔습니다.
나의 도둑맞은 마음도
고요함을 되찾았습니다.

평화로워지려고
해야 합니다

삼진날, 창밖은
아직 매섭기만 합니다.
지난겨울이 그리 호락치 않았던 까닭이겠습니다.
그래도 동백의 피 울음 훔치며
복수초, 매화, 개나리, 목련, 참꽃이며 벚들이 줄지어
햇살 웃음을 지을 것입니다.
이네들은 수줍음도 잊은 채
버선발로 임을 맞는 새색시처럼
한 올의 푸른 초의草衣도 걸치지 않고
이 산 저 들녘, 꽃을 피울 게 분명합니다.

한라산 백록담의 눈은 녹을 기미도 보이지 않고
저 숲, 설해목雪害木의 상처 아물지도 않았는데
관절염으로 고생하는 할미의 무릎에 앉아
아비 어미의 세배를 받는 아이처럼
철없는 웃음을 지을 것입니다.

• • •

봄이 왔지만
여전히 그대의 체감온도가 시린 겨울이라면
잔설 덮인 저 숲을 들여다보십시오.
설해목은
자신의 아픈 과거를 보상으로
권력을 가지려 하지 않습니다.
가슴에 묻고 벌거벗은 채
새봄을 맞이합니다.

지금, 정녕 우리에게 중요한 것은
지난 고난에 대한 보답이 아니라
그 시린 겨울을 이겨냈던 순백의 열정이
아직도 온전히 가슴에 간직되어 있는가 하는 것입니다.
지혜로워지려고 욕심내지 않아도 됩니다.
평화로워지려고 하여야 합니다.
그러면 순수한 열정에서 지혜의 싹이 움틀 것입니다.

• • •

변화하는 세상의 온도를 체감하기에는
우리의 감각이 무디어졌습니다.
그래서 머리에서 흘러나온 지혜를 건혜乾慧라 합니다.
자신의 존재 이기利己를 돌아본 자만,
가슴에서 흘러나온 평화의 샘을 지닌 자만
언제나 생명력 있는 삶의 지혜와 용기의 웃음을
봄처럼, 꽃처럼, 아이처럼 지을 수 있습니다.
구구소한도九九消寒圖가 완성되는 날 말입니다.

자연은 너무나 많은 것들을 나누고 있습니다

안개가 자욱하고 돌풍이 붑니다.
어제와 바람의 방향도 바뀌었고
어떤 분은 고사리가 나왔다는 이야기를 들었다고 하고
어느 마을에선 포제 굿도 하였다고 합니다.
밤에는 흐린 하늘 너머 보름달도 뜰 것입니다.
오는 것을 맞이하려 모두 분주합니다.
함께 충만한 기운을 나눌 때입니다.

이렇게 우리 가슴이 흥분과 긴장으로 차 있을 때
쓸쓸한 뒷모습으로 떠나가는 것들도 있습니다.
올 것을 맞이하기 위해 자리를 비워두어야 하기 때문입니다.

생명의 비를 맞는 억새를 봅니다.
애써 태연한 모습에서 처연함이 느껴집니다.
땅 깊숙한 바닥에서부터
하늘 가없는 데까지 느껴지는 생명의 생동은

• • •

저 의연한 마무리, 떠날 때를 알고
표표히 이별을 고하는 삶이 있어서 가능합니다.

이별 없는 옴은 갈등과 번민을 낳습니다.
저 억새에게서, 오는 생명을 위해
혹독한 겨울을 버텨준 희생과 떠남을 아는 지혜를 배웁니다.
참으로 감사한 자연의 선물입니다.

들녘을 바라보며 들뜸을 내려놓아야 합니다.
천천히 눈을 감고 깨어 있는 마음으로
느껴지는 모든 것들의 은혜로움에 감사해야 합니다.
바람이 내 몸에 와서 지나갑니다.
햇살이 온몸을 따사롭게 합니다.
싱그런 풀과 꽃의 향기가 코를 간질입니다.
새들이 노래하고 가끔은 멀리서 자동차 소리도
추임새를 넣습니다.

• • •

너무나 많은 것들이 나와 함께
이 봄을 나누고 있습니다.
참 감사한 일입니다.
저 비를 맞는 억새의 선물을 고이 간직하고 싶습니다.

별이 지는 걸 보았습니다

신새벽
별이 지는 걸 보았습니다.
그토록 어둠을 밝히려 애쓰던 희망이
동녘 땅에 움트는 붉은 기운을 이기지 못해
말없이 자리를 내주고,
이른 새벽 한 걸음 한 걸음
허허로이 시린 살갗을 비비며
쓸쓸히 떠나가는 것을 보았습니다.

별이 진 뒤로,
나는 앞을 보지 못합니다.
우주를 찬찬히 들여다보고
상상이 초롱하게 맺혔던 눈은
한낱 시계視界에 가려
햇살의 창살에 갇혀
흐릿한 몇 걸음 앞을 바라볼 수 있을 뿐…….

이제 그도 과분하단 생각이 듭니다.

별이 진 뒤로,
대숲의 새들이 잠에서 깨어났습니다.
온전히 내 것이었던 앞마당을
특히 휘파람새에게 강탈당하고는,
뭐라 한번 항변도 못 해본 채
나의 귀는 막막하여
저 별들의 신비한 전설과 영혼의 소리를 들을 수 없습니다.

별이 진 뒤로,
절반의 밤, 한계를 모르고 시공을 유영하던
나의 육신은
한 발 한 발, 소요逍遙의 자유를 잃고
꿈을 잃고 체온을 잃었습니다.
기운을 불어넣으려 애쓰는 바람의 몸짓에도

원리로 세상을 느낄 뿐입니다.

별이 진 뒤로,
내 창에 드리운 햇살 따라
마음의 그림자는 점점 자라나
나의 모든 감각은 마비되고
긴 밤
굳은 맹세를 무상의 강물에 떠나보내고
환희나 슬픔도 말라버린
휘휘한 가슴에 햇살이 아릴 뿐입니다.

모든 삶이 그러합니다

꽃은 집니다, 가는 봄날에……
가는 봄날에
시린 겨울을 이겨낸 값 다 받고
꽃은 집니다.
화무십일홍입니다.
모든 삶이 그러한 것이겠지요.

허나, 참고 또 참는
삶도 있습니다.
가을 국화의 삶이 그러합니다.

온갖 꽃들이 산천을 수놓을 때
담 밑에 수줍게 숨어
임 그리던 아가씨

거울 앞에서 흰머리 하나둘 헤아리던 날부터

● ● ●

그 눈길은
멀리 떠난 아이에게로 향하고
바람이 전하는
무소식이 희소식이라는 야속한 이야기에 온기를 느끼며
하루, 또 하루를 보냅니다.

그렇게
속은 삭고 또 깊어져,
잃어버린 인생은
꽃이 되고 향기가 되었습니다.
야속한 가을날에
봄의 향기를 머금은 국화가
수줍은 듯 울 밑에서 미소를 띄우고 있습니다.

이제 자신이
봄임을 믿어야 하는
시간입니다

마음의 길이는
오직 마음의 자로 잴 수 있습니다

사람들은 저마다 마음에 자尺를 하나씩 가지고 있습니다.
이로써 세상을 재고 다른 사람을 가름합니다.
그 결과 자의 길이에 맞춰 둘레를 한계 짓습니다.
그러나 진정 지혜로운 이라면
마음의 자로 재어봐야 할 것은 세상의 시시비비가 아니라,
자의 경계를 벗어나 방황하며 혼란에 빠진
무한한 마음의 길이임을 알고 있습니다.

지혜를 얻고자 자를 지니고 살았던 옛 선인들이 있습니다.
신라의 수도 경주에는
세 가지 진기한 물건과
여덟 가지 기이한 현상이 전해져오고 있습니다.
이를 '삼기팔괴三奇八怪'라고 부릅니다.
그중 '삼기三奇'란 금자金尺, 옥피리玉笛, 화주火珠를 말하는데
옥피리는 이미 널리 알려진 만파식적萬波息笛이고,
화주는 선덕여왕의 수정 돋보기로

• • •

불씨를 만드는 데 사용되었다고 합니다.
삼기팔괴 가운데 첫 번째 기이한 물건은 금자입니다.
경주 건천읍 금척리에 있는 30여 기의 고분 속에
현재까지 묻혀 있다고 전해져,
그 궁금증을 더하고 있습니다.

이 금자는 신라의 시조 박혁거세가 왕으로 즉위하자
천신이 선물로 하사한 보물이라고 합니다.
금자는 병든 사람을 낫게 하고
죽은 사람도 살리는 신묘한 힘을 지녔는데,
중국 황제가 이 금자를 가져가려 하자
신라에서는 수십 개의 인조 산을 만들어
금자를 찾을 수 없도록 묻어버렸다고 합니다.

그런데 정작 궁금증을 갖게 하는 것은
금자의 존재 유무가 아니라

• • •

왜 하필 '자'인가 하는 것입니다.
기존 상식으로는 이해가 잘 되지 않는
병을 낫게 하고 죽은 이를 살리는 자.
여기에는 다름 아닌 세간의 여러 시시비비와 뭇 현상들을
불변의 진리, 금강金剛의 잣대로
법의 이치에 맞게 제도하고
다스린다는 뜻이 담겨 있습니다.
우리가 생각했던 손만 갖다 대면 병이 금세 낫는다거나,
약이나 신비로운 구슬을 주어
가시적이고 즉각적인 구원의 손길을 뻗는 것과는
차원이 다른 것입니다.

세간의 입장에서 이 금자를 쓴다면,
크게는 백성들이 평화롭게 살 수 있도록
나라의 정치 · 경제 · 사회 등
각 분야의 제도와 문화를 올바르게

• • •

정비해나가는 것입니다.
그리고 작게는 사람들의 갈등과 분노를 헤아려서
안정되고 평화로운 길로 인도하는 것입니다.

달리, 승가의 입장에서 금자를 쓴다면
중생들이 겪는 고통의 원인을 깨닫게 하여
해탈의 경지로 인도하는 역할을 하게 될 것입니다.
결국 박혁거세는 금자를 통하여
천신으로부터 전륜성왕의 자격을 얻었음을
만천하에 공포한 것입니다.

우리들에게 유년 시절 학용품 정도로 인식되는 자에
선조들은 철학적 사유와 통치 이념을 접목해
멋스러운 금자 신화를 탄생시켰습니다.
모든 국민이 행복하게 살 수 있는,
이상적 정토淨土로의 지향점을

• • •

신비스런 전승을 통해 제시해주고 있는 것입니다.
품격이 느껴지는 선조들의 이야기입니다.

우리들 삶의 혼란과 불안을 재는 자는 과연 어떤 것일까요.
아집과 독단의, 어리석음의 자로 세상을 재단하며
스스로를 섬 속에 고립시키며 살고 있지는 않은지
옛 선인들의 지혜로운 자로
오늘 우리들의 삶의 자세를 다시 재어봐야 할 것입니다.

반드시 무엇을 하지 않아도 행복할 수 있습니다

지금 이대로 계속 가면 어디가 나올까.
길을 잘못 들어선 것은 아닐까.
바람을 거슬러도 보고
바람을 따라도 봅니다.
그래도 결국 익숙해진 지금의 길
그 끝을 보기 위해 걷습니다.

이렇게 우리는 매일, 매 순간 선택을 하며 살아갑니다.
알 수 없는 미래 앞에
절대자를 찾기도 하고
불안에 떨기도 하며
기대와 희망을 걸기도 합니다.
지금 와서 생각해보면
어렸을 적에는 기대와 용기 쪽에 섰는데
지금 이 순간에는 조바심과 걱정이 앞서 있습니다.

• • •

그렇기에 무엇이라도 하고 있으려 합니다.
어쩌다 시간이 나서 쉬는 날에도
무엇인가를 향해 움직입니다.
생각을 혹사하고 몸을 굴립니다.

좀 나태하고 게으르게 살면 안 되겠습니까.
갖고 있는 능력 전부를 발휘하지 않으면 안 되겠습니까.
2등, 3등으로, 아니 꼴등으로 살면 안 되겠습니까.
혹시 압니까.
앞서가는 이가 기준이 되지 않고
한 걸음 뒤처져 가는 이의 삶이 의미 있는 것이라면
우리 삶의 비용이 훨씬 줄어들지 않겠습니까.
만나는 이마다 반갑지 않겠습니까.

사실 따지고 보면
우리가 바라는 것에 그리 대단한 것은 없잖아요.

사실 우리가 어디로 가고 있는지도 모르잖아요.
그러니 서둘러 가지 않아도 되잖아요.
한 생각 내려놓고 빈둥거림이 익숙해지면,
차츰 미래에 대한 불안에서 벗어나
주변을 게으른 눈으로 찬찬히 들여다보면
내가 무엇을 하지 않아도
나를 행복하게 하는 것들이 참 많다는 것을 알게 됩니다.
진정 내가 감사해야 하고, 몸담아야 할 것이 무엇인지
또렷하게 다가올 것입니다.

그러면 잠들었던 상상력은 깨어나
맑은 하늘을 유영할 것입니다.

모든 것이 무상함을 알면 가능합니다

하염없이 비가 옵니다.
푸른 등짐을 지고
하늘땅을 쉼 없이 걷고 또 걷습니다.

이처럼 비가 많이 오는 날에는
미얀마 마하시 명상 센터에서 철나던 때가 생각납니다.
그곳 생활의 바탕은 '무상無常'입니다.
우리는 삶이 무상한 것인 줄 다 안다고 하지만
사실은 모르고 있습니다.

그곳의 신자들은 주말이 되면
센터에서 청소와 같은 이런저런 봉사를 합니다.
그리고 오후 2시가 되면
경전을 외고 스님들의 설법을 듣습니다.
성능이 좋지 않은 스피커로 들려오는
독경 소리는 이국의 맛과 함께 평온함을 느끼게 합니다.

• • •

그날도 오늘처럼 비가 왔습니다.
우기雨期라 비의 장막이 처지고
모든 감각은 정지되어 오직 듣는 귀만이 깨어 있었습니다.
한순간 벼락이 내리쳤고 한참이나 망망하였습니다.
적도에 가까워서 그런지
천둥소리는 머리 바로 위에서 엄청난 위압을 가합니다.
그런데도 독경하는 스님의 음성에는 작은 미동도 없었습니다.
어떻게 가능할까, 익숙해서 그런가.
옆에서 정진하고 있는 남방 스님들이 몸 추스르는 것을 보면
그런 것 같지도 않았습니다.

사야도가 말씀하셨습니다.
'모든 것이 무상하다'는 것을 알면 가능하다고……
다시 멍해졌습니다.
나는 무상이란 개념을 모르고 있었던 것입니다.
매 순간 다가오는

• • •

눈의 경계, 귀의 소리, 코의 냄새, 혀의 맛, 몸의 느낌,
의식의 대상에 대해 무상함을 알아차리지 못하고
붙잡아 감상하며 오래도록 간직하고 싶어 한 것입니다.

방금 빗속을 걷고 있는 나의 귓가로
바람이 스치고 지나갔습니다.
난 아직도 지나간 바람을 느끼고 간직하고 있습니다.
바람은 나를 기억하지 않는데 말입니다.
천둥소리 사라진지 오랜데
생각의 잔상은, 아직도 나의 심장을 빠르게 뛰게 합니다.

좋은 벗을
선지식이라 합니다

해제解制 날 걸망이 가벼운 것은
안거安居를 잘 지냈기 때문입니다.
죽은 듯 얼어붙었던 자연이 새 생명의 희망을 담아내는
산사의 길을 따라 걷는 맛은 형언할 수 없습니다.
특히, 공부 맛을 조금이라도 보았을 때와
좋은 도반을 만나게 될 때면 마음이 가득합니다.

이번 결제結制 때 노스님께 들은 이야기입니다.
젊은 납자衲子 시절, 삼동결제에 여러 스님과 함께
깊은 산속 암자에 모이기로 하였습니다.
그런데 눈이 많이 와서 겨울나기가 어렵게 되자
두 스님만 남게 되었다고 합니다.
두 분은 개의치 않고
한 스님이 밥을 지으면
다른 스님이 나무를 하며 정진하였습니다.
서먹서먹한 시간이 흐르고

• • •

두 분은 차츰 서로에게 관심을 두게 되었습니다.
서로가 서로에 대해 숨길 일이 없다 보니
드문드문 건네는 말에도, 눈빛 하나 몸짓 하나에도
덧붙일 말이 필요 없는 한마음이 되었습니다.

그렇게 시간은 흘러
어느덧 개울에 얼음이 녹기 시작하고 버들강아지 드리워
헤어지기 전 마지막 날이 되었습니다.
저녁 공양을 마치고 차 한잔을 하며
함께했던 서로의 공부에 관해 이야기를 나눴습니다.
밤을 새웠지만 못내 아쉬워
함께 보름 넘게 만행을 떠났습니다.
단지 서로의 이야기를 듣기 위해서.

이때 함께했던 시간이
지금까지 스님 노릇을 하는 데 큰 힘이 되었다고 합니다.

• • •

같은 곳에서 정진하지 않아도
언제나 함께하는 듯하다고 합니다.
얼마나 눈이 시리도록 아름다운 모습입니까.
모든 세상사를 접어놓고
혹독한 겨울을 지나 봄이 오는 들녘을 발길 닿는 대로
마음 맞는 벗과 함께 걷는다는 것.
이 얼마나 큰 행복입니까.

어느 날, 수행자들이
논밭 길을 기러기처럼 줄지어 가는 것을 보며
세존께서 제자 아난에게 질문을 하였습니다.
"수행의 길에 벗은 얼마나 되겠느냐?"
아난은 이것저것, 이 조건 저 조건을 고민한 끝에
"절반입니다"라고 답하였습니다.
그러자 세존은 "벗이 이 길의 전부다"라고 하셨습니다.

우리에게 삶이 무엇이겠습니까.
모든 사람은 행복해지고자 합니다.
하지만 삶이, 행복해지는 것이 아닌
그 자체로 행복한 것인 줄은 알지 못합니다.
나의 이야기를 나누고, 듣고 싶어 하는
벗이 내 삶의 모든 것입니다.
행복은 삶의 목적지에 있는 것이 아니라,
벗과 함께 깨어 있는 이 순간에 있는 것입니다.
곡절 없는 삶은 없습니다.
이때, 벗은 삶의 주인공으로 나를 분명히 서 있게 합니다.
그렇기에 좋은 벗을 선지식이라고 합니다.

추운 겨울은 저절로 봄이 됩니다.
견디기 힘든 고난은 시간과 함께 과거로 흘러갑니다.
그렇지만 자신에게 주어진 인생은 한 번뿐입니다.
그 시간을 되돌릴 수 없습니다.

• • •

나를 주인 된 삶으로 깨어 있게 하는 벗은
한없이 기대고 기대오는 행복입니다.
인생의 도정道程은 누구를 위한 길이 아니라
벗과 함께 참된 나, 참사람을 찾아가는 길입니다.

당신에게 벗이 있다면
삶의 모든 것을 얻은 것입니다.
지금 앞에서 나의 말을 들어주는 이는
다시없는 당신 삶에서 시간 여행을 함께하는 소중한 벗입니다.
당신의 삶은 행복합니다.
당신의 삶은 아름답습니다.

이제 자신이 봄임을 믿어야 하는 시간입니다

우수에 경칩이라 합니다.
마을마다 동제, 당제, 영등제에 포제까지 지냅니다.
이날은 미신이라 천대받는 무속인들도 어엿이 문화인이 되어
나라님에게 절도 받고 큰 대접도 받습니다.

횃대에 걸린 장삼과 가사에서 향내가 납니다.
저도 정초라 기도를 하였는데
꽤 시간과 마음을 쓰긴 했나 봅니다.
많은 분과 함께하니
혼자일 때보다 게으름은 덜고 간절함은 더한 듯합니다.
이렇듯 각각의 원願들은,
저 거룩한 생명 안에서 모두 하나인가 봅니다.

이때는 주로 참회와 발원을 기도합니다.
나의 존재를 위해서
수많은 유정무정有情無情의 희생이 따랐을 것입니다.

• • •

인식하든 인식하지 못하였든 나의 행위는
수많은 이에게 유무형有無形의 상처를 주었을 것입니다.
내가 진리의 길이라 믿고 실현하고자 했던 실험적 삶은
다른 이들의 삶에 혼돈이 되었을 것입니다.

내가 이생에 남긴 세상의 수고로움보다
많은 이들에게 끼친 삶의 해가 더욱 컸기에
향내는 가사에 배이고
땀은 마음에 배입니다.

그렇기에
오늘 이렇게 참회할 수 있음도
신비한 일이며 부끄러운 일입니다.
나아가, 생명을 베푸신 자비의 가피加被이며
삶으로 펼쳐놓은 사랑의 은총이 아닐까 합니다.
언제나처럼 참회는 충만한 시간입니다.

• • •

시린 겨울의 찬바람도
이처럼 따사로운 봄날이 되면 설렘의 바람이 되듯이
스스로 차갑게 얼어붙은 마음을 돌리면
이 세상 모두가 나의 은인이며,
따뜻하게 감싸주는 봄바람임을 알게 됩니다.

우수, 경칩이 이제 봄임을 알립니다.
이제는 자기 자신이 바로 봄임을
믿어야 하는 시간입니다.
어제를 떠나왔듯
오늘을 떠나려 합니다.
참회와 은혜에 대한 감사의 길로…….

넉넉하지 않다는 생각도 많은 것입니다

법정 스님을 추모하며

단순하게 살아라.
간소하게 생활해라.
만족할 줄 알아라.
그 노인의 잠언입니다.
어디 그분만이겠습니까.
열거할 수 없을 만큼
우리가 마음에 담고 있는 분들이 남기신 말씀입니다.

저는 아득합니다.
저의 생활 살림이 그리 넉넉하지는 않지만
강원도 산골 오두막보다야 많지 않겠습니까.
넉넉하지 않다는 생각도 많은 것입니다.
그럼에도 가난하고
그럼에도 부족한 게 하나둘 헤아려집니다.
세상에 진정 내 것이란 없음을 깨닫기 위해 출가한 내가
살아가려면 요만큼은 있어야지 하면서

• • •

욕심의 싹을 무성히 키웠습니다.
나의 것을 비워내지 않으면서
맑은 그분의 영혼으로 채우려 했습니다.

어찌 과한 욕심이 아니겠습니까?
어찌 참회하지 않고
어찌 부끄럽지 않겠습니까?

그렇기에 저는
늘 혼란스러워 단순하지 못하고
늘 번잡하여 간소하지 않으며
늘 넘쳐나면서 만족할 줄 모릅니다.

그렇기에
그분은 '살아 있는 것은 다 행복하다' 하셨지만
나는 살아 있음이 부끄럽습니다.

• • •

올해 비가 많을는지 높이 지은 까치의 집을 봅니다.

버려진 죽은 나뭇가지를 물어다 지었습니다.

다른 것에 해를 주지 않고

날아올라 떠나면 그뿐인,

떠나고 나도 온기만 남는

저 집을 보면서 그저 부끄러울 뿐입니다.

그렇게 오늘 하루도 저뭅니다.

평화로운 삶이란 찾아지는 것이 아닙니다

청두 두보를 찾다

봄에 온 만리타향의 나그네는
언제나 난亂이 그쳐 고향에 돌아가려느냐.
강둑에 저 기러기
높이 날아 북으로 날아감에 애간장이 끊어지누나.

시성詩聖 두보가 청두成都에서 지은 시입니다.
두보는 당나라 현종과 양귀비의 꼴불견으로 일어난
안사의 난을 피해
교외의 환화시浣花溪 언저리 환화초당에 머물면서
곤궁한 삶을 살았다고 합니다.
위 시에서 기러기가 북(고향, 임)으로 돌아가는 것을 보며
자신의 기약 없는 막막한 심정을 토로하고 있습니다.

그러나 두보의 전 생을 놓고 보면
이 시절이 가장 평온하였습니다.
후에 이런저런 도움을 받아 관직에도 오르지만

• • •

결국, 그의 삶은 양자강을 따라 흐르다 끝이 납니다.

평화로운 삶이란 찾아지는 것이 아니라
살아보니 그때였다고 이야기할 뿐인 것 같습니다.
두보의 초당을 방문해보면
생각보다 큰 규모에 화려함을 갖고 있습니다.
후대에 그를 흠모한 이들이 넓혀놓은 것입니다.
정작 그가 살았던 집은 소박한 초가입니다.
그렇기에 삶은 그냥 살아갈 뿐
너무 희로애락에 얽매일 필요는 없는 것인가 봅니다.
고통은 없어지는 것이 아니기에,
벗어나려 하면 더 옭아매며
세월을 허송하게 됩니다.
그래서 고통을 마음의 방房에 초대하여 함께하면
지혜도 생기고 인내도 배우게 됩니다.
저도 때가 되면 붙들어도 떠나갑니다.

해야 할 일이라면
그냥 시작하면 됩니다

마을 사람들이 하나둘 밭을 일굽니다.
밭이랑을 정리하고
병충해 방지를 위해 불을 놓습니다.
좀 더 부지런한 분들은
호박이나 더덕, 도라지 같은 씨 모종을 놓습니다.
요즘은 고사리 재배 농가도 제법 많아졌습니다.

저희 동쪽 밭도
작년에 트랙터로 갈아 엎어놓기만 해 휘휘하였는데
아는 분이 주신 어린 차나무를 심고
창고를 뒤져 스프링클러를 돌리니
파릇한 잎사귀에 맺힌 물빛이 맑기 그지없습니다.
파란 하늘에 비 오기를 바라다가
정성이 부족할까 하여
이리저리 물 호스를 옮겨놓습니다.

• • •

생각보다 얻어온 차나무가 많은 터라
장비를 빌릴까 사람을 빌릴까 하는데
매번 손 거드시는 나이 든 어른께서
하는 데까지 해보자고 하셨습니다.
두려운 마음이 앞섰지만
한 그루 두 그루 심기 시작하니
이틀 만에 다 끝낼 수 있었습니다.
이마에 땀 닦는 저를 바라보며
그 어른 웃습니다.

아마 알고 계셨겠죠.
해야 할 일이라면
그냥 시작하면 된다는 것을.
해야 할 일이라면
남은 문제는 일이 아니라 두려움이라는 것을.

새해 아침,
내 생은 나의 것이 되었습니다

이른 새벽입니다.
어젯밤, 설백雪白의 백의관음이 통영 관음암을 다녀가신 후
마당을 거닐기가 조심스럽습니다.
언제부턴가 하루를 맞이하는 것도 조심스러워졌습니다.
생이 조심스러워진 것입니다.

하루가 온전히 내 시간이 된 지금,
한순간 한순간마저
내 것으로 만들어나가고 있습니다.
예전에 억척스레 붙들어놓았던 가치들도, 인연들도
시간과 함께
차츰 내 곁을 떠나갑니다.
아마 지쳤겠지요.
아마 새로운 삶이 보였겠지요.
그와 함께
내 생은 나의 것이 되었습니다.

• • •

이제, 아무것도 하지 않아도
불안하지 않습니다.
미래가 보이지 않아도
서두르지 않습니다.
그래서 평온합니다.

새들이 일어나 숲을 깨웁니다.
바람이 은목서의 눈을 털어냅니다.
나의 오감은 이네들만이 채웁니다.
그래서 평온합니다.

지금은 내 가슴에서 해가 뜹니다.
아주 평화롭습니다.
내 시선이 닿는
애기동백, 은목서, 함박꽃, 목련, 차나무, 종려나무……
그리고 어슴푸레한 아침

• • •

차향이 묻어나는 창가를 방문한
참새, 박새, 개똥지빠귀, 검은머리방울새, 목탁새,
유리딱새, 까마귀……
그리고 누군가의 방문을 기대케 하는 까치.
이들의 노랫소리는 신의 지휘가 없더라도
절로 하모니를 이룹니다.
이처럼 숲의 정령들과 벗이 될 수 있는 것은
내 가슴에서 묵은해가 지고 다시 새해가 뜨기 때문입니다.
내 안의 끝없는 길을 걸어
순례자의 아침은 그렇게 옵니다.
이 따스한 해는
당신의 가슴에도 뜨고 있습니다.

새해 아침에 기도합니다.
모든 분들의 지혜가 평화로운 가슴에서 흘러나오게 하소서.
그리하여 눈길, 손길, 발걸음

• • •

하나하나에 만물이 평화롭게 하소서.

가슴으로 경청하고 가슴으로 이야기를 나누게 하소서…….

마음 안에서
몸이 가까운 사람이 되려 합니다

아침부터 날씨가 흐리더니
점심을 먹고 난 지금, 금방이라도 비가 올 것 같습니다.
제주에는 비가 오고 있다지요.
당신이 바라보는 창에도 비가 내리고 있겠습니다.
저는 비 오는 날이 좋습니다.
마음이 가라앉아서일 겁니다.
아니 찌뿌둥했던 몸이 개운해져서일 겁니다.
그것도 아니라면
벗을 그리워하며 차를 마실 수 있기 때문일 것입니다.

우리가 살아가면서
그래도 누군가 생각나는 사람이 있다는 것은
그런 사람이 된다는 것은
외로운 인생길에 큰 위안이요 행복입니다.

오늘부터 헨리 데이비드 소로의 《월든》을 읽기 시작했습니다.

• • •

영국의 시인 예이츠는 이니스프리 섬에서
소로의 삶처럼 살아보고자 했다고
책 표지에 고백했습니다.
그의 철학은 간디에게도 영향을 줬습니다.
특히 '시민 불복종'에 말입니다.
앞으로 우리 한번 흉내라도 내면서 살아보면 어떨까 합니다.
부족한 대로, 할 수 있는 만큼…….

남은 생은 주위로 뻗힌 관심과 의식의 촉수를 거둬들이고
흙과 함께 내 안의 성찰로 살아보려고 합니다.
서툴고 불편하더라도
한 걸음 한 걸음씩 내게로 걸어가 보는 것입니다.
가장 외로운 사람이 되어서
가장 따뜻한 영혼의 삶을 살아가 보는 것입니다.
함께하는 이들이 있기에
용기와 결단 없이도 그 길을 나설 수 있을 것 같습니다.

• • •

이제 연말입니다.
이런저런 묵은 이야기를 정리할 때입니다.
이즈음이 되면 뒷정리하느라,
새해가 되면 새살림 차리느라
그렇게 우리네 인생은 흘러가나 봅니다.

작년 그믐날이 생각납니다.
밤길을 걷다가 오래된 벗들을 우연히 만나
저녁 시간을 같이 했었는데……
이제, 한 분은 소식이 없습니다.
마음은 늘 한 식구라 생각하면서
이렇게 그리워만 하고 있습니다.
언제 다시 우연히 만나
따뜻한 차 한잔 나누었으면 좋겠습니다.
가는 길이 같으면 약속하거나 연락하지 않아도
만날 수 있을 것입니다.

• • •

이제 마음 안에서 몸이 가까운 사람이 되려고 합니다.
그날 반갑게 만나겠습니다.
톨스토이는 말했습니다.
'사람이 살아가는 것은 사랑이 있기 때문이다.'
따뜻한 연말이 되었으면 합니다.

나는 이런 부처를 만났습니다

홀로 깊어가는 가을,
등 뒤로 버리기 쉽지 않은 모든 것을 남기고
산은 더욱 깊이 숨어버리려 합니다.
언제나 가을 산은 가슴에 긴 그림자를 드리웁니다.

내가 아는 부처도 그랬습니다.
버리기 쉽지 않은 것을 버렸습니다.
그 마음이 얕아지기 전에 버리고 또 버립니다.
버리기 쉽지 않은 것을 버리는
그 간절함은 어디서 오는 것입니까.

《자타카》에 다음과 같은 이야기가 있습니다.
설산동자가 히말라야에서 홀로 수행하고 있을 때
제석천이 그를 시험해보기 위해
나찰로 변하여 나타났습니다.
그리고 동자 앞에서 시를 외웠습니다.

• • •

이 세상 모든 것은 덧없으니
이것이 나고 죽는 법이라네.

설산동자는 이 진리의 게송을 듣고 한없는 기쁨을 느낍니다.
그리고 나머지 구절도 들려줄 수 있는지 물었습니다.
나찰이 그 대가로 목숨을 요구하자
설산동자는 기꺼이 자신의 목숨을 내어주겠다고
약속하였습니다.
이에 나찰은 다음과 같은 나머지 게송을 들려줍니다.

나고 죽는 것이 사라지면
이것이 고요한 열반의 기쁨이어라.

설산동자는 나머지 게송을 듣고 기쁨의 눈물을 흘리며
나뭇잎처럼 가벼운 몸을 절벽 아래로 던졌습니다.
그러자 나찰은 곧 제석천의 모습으로 돌아와

설산동자의 몸을 공중에서 받아 올립니다.

버리기 어려운 것을 버리고 가는 길,
진리를 찾아가는 그 길의 끝에서 나는 외롭지 않습니다.
언제나 부처가 미리 마중을 나와 있기 때문입니다.
산문을 채 들어서기도 전에 나를 맞이하는 부처,
능가산 내소사에서 내가 처음 만난 부처는
바로 일주문 주련柱聯에다
그 뜻을 문자반야文字般若로 새겨놓았습니다.
고운 일주문 주련 앞에서 나는 잠시
백척간두에 선 듯 호흡을 멈춥니다.

入此門來莫存知解 입차문래막존지해
이 문에 들어서면 아는 분별을 내려놓아라.

일주문 밖을 속계俗界라 하고

• • •

일주문 안을 진계眞界라 하니
이곳에서 과거는 지나갔고 미래는 오지 않았으며
현재는 머무르지 않는다 합니다.
그 도리를 스스로 묻고 또 물어야 합니다.
일주문을 건널 때,
산사에서 처음 만난 부처는 이미 그대여야 합니다.
그러니 일주문 앞에서는 서둘러선 안 됩니다.
그러니 일주문 앞에서는 간절한 마음으로
자신의 심장소리에 귀 기울여야 합니다.
그러니 일주문 안으로 한 발 내디딜 때는
그 떨리는 생명의 울림을 가슴으로 맞이하여야 합니다.
그러면 심연에서 들려옵니다.

無解空器大道成滿 무해공기대도성만
아는 분별이 없어 텅 빈 그릇일 때 큰 진리를 깨달으리라.

• • •

내 것이라고 하는 모든 것을 내려놓으면
찾아 나서지 않아도 진리는 스스로 다가옵니다.
그렇게 내가 만난 부처는
숱한 가을이 지난 지금도
변함없이 항상 먼저 마중을 나와 있습니다.
그처럼 내가 만난 부처는 천겁 이전에도,
만세가 지난 후에도 지금처럼 여여하게
반야의 찬란한 일주문 기둥으로
나를 맞이할 것입니다.

저들의 속도에
내 걸음을 맞추지
말아야 합니다

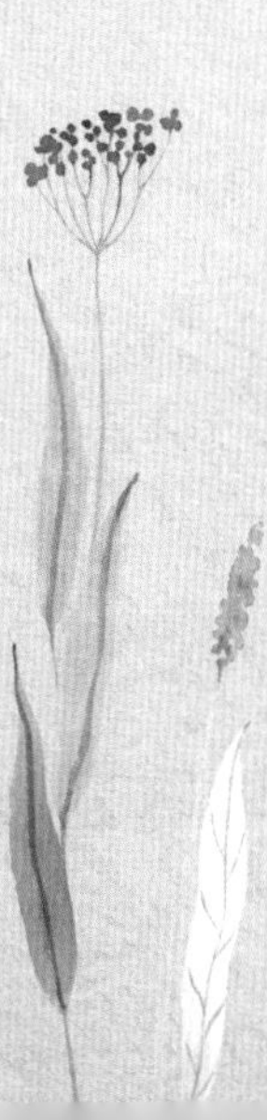

차 마실 땐
차를 마시세요

봄이라 믿었던 마음에 상처를 입습니다.
누가 준 아픔도 아니건만
파릇한 냉이를 캐서 끓인 된장국의 진한 향에
마음을 빼앗겼던 터라
자연의 일을 쉬 인정하기가 힘이 듭니다.

누군가에게 받은 마음보다
누군가에게 준 마음이 더 큰가 봅니다.
봄이 와서 설레고
눈이 와서 시린 게 아니라
우리 마음이란 것이 참 요물이기 때문일 것입니다.

어쩌다 제가 있는 처소를 방문하는 이들에게 듣는
세상 이야기는 그리 즐겁지만은 않은 것 같습니다.
그럴 때면
"무슨 일로 오셨어요?"

“마음이 답답해서 차 한잔하려고요.”
“이리로 오셔서 차 드세요.”
그러면 열에 아홉은 차 한 모금이 목으로 넘어가기도 전에
세상 이야기를 꺼내려 합니다.
“차는 번뇌를 씻어주는 군자라 해서
척번자滌煩子라고도 하지요.”
하며 다시 차를 권합니다.
잠시 후, 또 좀 전의 이야기를 꺼냅니다.
“그 일과 무슨 관계가 있으세요?”
“아뇨, 세상이 어찌 돼가나 싶어서요. 답답합니다.”
“놔두세요.
긍정할 수 없는 세상 이야기로 나를 괴롭히지 마세요.
차 식습니다.”

우리가 생각하는 많은 것들 가운데
정작 ‘나의 일’은 그리 많지 않습니다.

• • •

오히려 이런저런 생각으로 지금 해야 할 일을 방해받습니다.
이런 이야기를 건네면, 연기의 법칙을 꺼내 듭니다.
모든 것이 다 얽혀 있으니
세상의 문제가 나의 문제와 다르지 않다고 합니다.
그렇습니다.
다 하나의 문제입니다.
그런데 세상 문제를 걱정하는 것은
삶의 실타래를 더욱 엉키게 하는 것입니다.
차를 마실 때는 차를 마셔야
차 마시는 소망이 이루어집니다.

하나가 풀려야 둘 셋 넷이 풀려갑니다.
내 안에서
생각이 어떻게 생겨났다 어떻게 사라지나 지켜보면
세상이 그런 것이 아니라
내가 그렇게 그리고 있음을 알게 될 것입니다.

• • •

바람이 불고 눈이 내리는 게 아니라
내가 그것을 알아차리고 있을 뿐입니다.
바람은 바람의 일을 하고
눈은 눈의 일을 하고
나는 나의 일을 하면
세상의 일도 절로 굴러갈 것입니다.

길은 자신에게로 향해 있습니다

눈이 오는 겨울, 여행하고 있습니다.
참 많이도 옵니다.
걷다가 추위를 이기지 못해
기차와 버스를 이용하고 있습니다.
향하는 목적지나
뚜렷한 이유가 있지도 않습니다.
다만, 나의 고향은 길이었던 것 같아
언제부턴가 나를 만나고 싶으면
길 위에 있었습니다.

그렇습니다.
나의 고향은 길에 있습니다.
마을이나 집이란
우리가 길을 걷다 피곤하여 잠시 걸터앉은
인생의 쉼터와 다르지 않습니다.
그 쉼은 잠시의 편안일 뿐

• • •

안주와 집착, 소유와 갈등을 키워
우리의 영혼에 안식을 주지 못합니다.

떠나려 할 때, 생의 마지막 순간에
미련과 아쉬움이라는 애착의 끈만
더욱 단단히 온몸을 옭아맬 뿐……
진정한 쉼은 길 위에 있습니다.

걸음을 옮겨 길 위에 설 때는
혼자여야 합니다.
그리고 단지 걷기만 하면
미처 발견하지 못했던 의식의 문이 열립니다.
그동안 분주히 떠돌던 것은
몸이 아니라 마음이었음을 확인하게 됩니다.
그렇게 대화를 나누며 길이 벗이 될 때쯤이면
고향을 만나게 됩니다.

길은 누구를 만나기 위해 나 있는 것이 아니라
자신에게로 향해 있습니다.
그곳에서 성찰이 이루어집니다.
성찰이란 고독의 불빛입니다.

건강히 갈등하는 법을 배워야겠습니다

저 숲 어디선가 뻐꾸기 울어
여름이 왔음을 알립니다.
저 새는 때를 알아
떠나고 돌아옵니다.
나는 저를 통해야 그때를 압니다.
철모르는 나는 게으르기 한이 없어
새 아침이 와도
의지의 근육보다 육신의 무게만 더하며
어제에 오늘을 포개어놓을 뿐입니다.

저 숲에는 열정이 있습니다.
등나무와 칡넝쿨이 서로 얽히어
새 숲을 향해 강한 열정으로 갈등합니다.
큰 나무들은 그늘을 만들어
다른 새싹들의 성장을 방해합니다.
칡과 등나무의 넝쿨들은 서로 다투며 올라가

• • •

큰 나무를 쓰러뜨립니다.
그렇다고 숲이 없어지지 않습니다.
그러고 나면 새싹들은 빛을 받고 자라납니다.
새 숲의 탄생입니다.
그리고 숲은 오래도록 생명력을 이어갑니다.
건강한 생존의 모습입니다.

더러 인간들은 갈등을 삶의 활기로 이끌지 못하고
반목과 대립의 각을 세우려 합니다.
다른 이를 내 생각으로 줄 세우려 합니다.
그래야 내가 편해지기 때문입니다.
그것을 행복이라 착각합니다.
그것을 위해 갈등합니다.
다른 이도 그러하다고 생각하고 있기 때문입니다.
남은 삶도 계속 이렇게 살아간다면
어제의 불만에 오늘의 불안을 더할 것입니다.

. . .

어찌 삶에 갈등이 없겠습니까.
갈등은 삶의 불꽃입니다.
서로의 차이를 존중하여
다양하게 가꾸어지는 숲에서
건강히 갈등하는 법을 배워야겠습니다.
지금,
나에게 일어나는 모든 생각을 내려놓을 때입니다.
뻐꾸기 울지 않아도
심연에서 들려오는 열정의 소리를 들어야겠습니다.

당신의 오늘을 위해
기도합니다

바라보는 눈에 작은 떨림으로
한 걸음 한 걸음 다가와 울음을 쏟을 듯한
아픔도 우리네 인생의 한 모습입니다.

이렇게 어두운 아침도
때론, 우리가 맞이해야 할 하루입니다.
밤이 깊도록 별빛을 거둬낸 눈물이
새벽이 되어도 마르지 않아
헤어날 길을 알 수 없는 아침을 맞이합니다.

그런 아침이 이야기를 들려줍니다.
저 구름 위에는
언제나 별이 빛나고
언제나 해가 떠 있다고

그러니 잠시 지친 나를 기다려주면

• • •

맑은 영혼이 다시 빛날 것입니다.
지금의 힘겨움이
누군가에게는 삶을 헤쳐나가는 지혜가 되고
울음을 그치고 밝은 웃음을 짓게 하는 위안이 될 것입니다.
당신의 오늘을 위해 간절히 기도합니다.

마음이 가난한 날에도
평상심 잃지 않고
몸이 무거운 날에도
일어나 걸을 수 있는
당당한 날들이 되게 하소서.

고단해 지친 날에도
피곤을 모르고
아무런 일없는 날에도
기꺼이 쉴 줄 아는

• • •

지혜와 용기의 날들이 되게 하소서.

세상 풍파가 아무리 거칠어도
한 점 흔들리지 않고
내 안의 평화가
쉼 없이 흐르는 강이 되어 넘치게 하소서.

깨어 있는 때가 바로 꿈꾸는 때입니다

풍경은 여전히 늦가을의 정취를 머금고 있지만
소맷자락을 파고드는 계절의 기온은 완연한 초겨울입니다.
조사 스님의 경책만큼이나 매서운
가야산 상왕봉의 서늘함이
일주문 앞까지 성큼 다가와 있습니다.
이즈음 일상 속에서 떼어낸 행복 한 조각,
해인사 깊은 곳
멋들어진 팔작지붕을 한 경학원 돌계단의 댓돌
그 장엄한 세월에 기대어 옛 선사의 어록을 꺼내 들었습니다.

> 무無 자字 화두를 들고 3년여 동안 죽과 밥으로 두 끼 공양할 때를 제외하고는 앉은자리를 떠나지 않았다. 피곤할 때에도 다른 곳에 기대지 않고 밤낮으로 이리저리 거닐었다. 그러나 늘 혼침과 산란의 두 마구니가 곁에서 떠날 줄을 몰랐다…… (중략) 그 병의 근원을 살펴보니 특별한 이유가 없었다. 다만 의심이 들리지 않았던 것이다.

《고봉 화상 선요》의 한 대목입니다.
앉아서 읽고 걸으며 사유하여 마음에 새깁니다.
이렇게 공부가 깊어져
깨어 있거나 잠들어 있을 때 순일하게 되면
오매일여悟寐一如 상태에 이르게 됩니다.

옛 조사의 간절한 구도와 수행의 어려움을 생각해보다가
고요함이 온몸에 배었습니다.
어느새 등을 짚고 선 따사로운 햇살의 유혹에 못 이겨
자꾸만 고개를 꾸벅거리게 됩니다.
누군가가 이 장면을 본다면
"맞습니다, 옛 조사 스님의 말씀은 참으로 지당하십니다."
하는 줄 알 것입니다.
신발 끄는 소리 하나 들리지 않고,
팔각완자살과 빗살무늬 살창에 다가선 차가운 실바람만이
이놈의 살림살이 전모를 바라보고 있을 뿐입니다.

• • •

갈바람이 낙엽 몇과 벗을 한 채
돌계단을 지나 대문 밑으로 빠져나가는 솜씨가
여간 교묘한 것이 아닙니다.
저 바람은 어디서 와서 저렇게 부지런을 떨며
어디로 가고 있는 것일까요.
태생과 죽음을 알 수 없는 바람은
전생에 무슨 악연이 있었는지
오수午睡의 즐거움을 뺏어놓고
말없이 휑하니 사라져버립니다.
따사로운 햇살과 싸한 바람 사이에서
이리저리 자세를 바꾸며 엉덩이를 들썩거리다 보면
꼴만 더욱 우습게 될 뿐입니다.
경학원의 댓돌은 포기하기 힘든 행복한 자리입니다.
이 꼴사나운 나는 누구일까요?

물살 거센 여울목에 작은 배를 대려면

• • •

저 밧줄을 단단히 잡아 챙겨라.
별안간 줄 끊어져 피하기 어려울 때
곧바로 온몸에서 피가 솟구치리니.

온갖 법이 하나로 돌아가는데
이 하나는 어디로 돌아가는가.
단지 성성惺惺히 의심만 붙듦이 귀한 일이니
의심을 들고 분별 끊어진 곳에 이르게 되면
한밤에 태양이 떠오르리라.

그렇습니다.
여기는 선사의 말씀처럼 자신의 진면목을 드러내어
부처를 선발하는 곳입니다.
궁현당 편액 옆 '선불장選佛場'이라는 또 하나의 편액
그리고 '이곳은 수행하는 곳이니
일반인의 출입을 금한다'는 문구가

• • •

문빗장에 선명히 걸려 있는 이곳.
주인공을 찾아 의심을 들고 있는 이만이
당당히 들어올 자격이 있습니다.

우주 만물은 하나에서 출발했고
하나는 만물로 인해 시작된 것.
둘은 서로를 경계로 존재합니다.
그 가운데 어느 하나를 빼앗아버리면
다른 하나도 존재를 잃어버립니다.
이 둘의 경계가 무너져 내려
차별의 분별상分別相이 끊어진 자리에서
저 홀로 존귀한 것입니다.
여기가 한밤에 태양이 떠오를 자리일 것입니다.

이렇듯 분별하는 놈은 누구인가?
누구인가……?

• • •

비로소 의심을 들고 한없이 멈추어 선 자리에
어느새 따사로운 햇살도 시린 갈바람도 숨어듭니다.
부처를 선발하는 경학원의 행복한 뜰에
늦가을은 그렇게 멈추어 있습니다.
돌계단 밑에서는 바람만이 저 혼자 책장을 넘기고 있습니다.

얼마나 시간이 흘렀는지 모르겠습니다.
아득한 듯 카랑한 할喝이 들려옵니다.
'차 한잔합시다.'
말의 주인을 눈으로 찾아 확인하려니
자라목이 되어 머리를 누비옷 속에서 꺼내야 했습니다.
맹구우목盲龜遇木이 따로 없습니다.

오, 매寐인가
오매일여悟寐一如인가!

원망은 자아를 나약하게 합니다

바람이 찹니다.
바람을 향해 걸어갑니다.
산이 높습니다.
산을 향해 걸어갑니다.
노을이 바람에 쓸려갑니다.
별빛이 내려와 눈 덮인 한라산의 어둠을 밝히고 있습니다.
나무들이 백설의 포단을 깔고 선정禪定에 들었습니다.
진리를 찾는 이에게
시간과 공간은 무너져 내립니다.

언제나 법의 등불이 밝혀 있는 라즈기르의 영취산
수행자들이 여명을 털고 일어나
기러기처럼 줄지어 탁발을 하고
함께 공양을 마친 후 스승의 설법을 듣던
눈 푸른 납자들의 모습이 그려집니다.

• • •

그 향기로운 길에선
대왕 빔비사라도 신하들을 물리치고
말에서 내려 진리를 향해
한 걸음 한 걸음 맨발로 걸어 올랐습니다.
유폐되었을 때도
한 가지 소원이 있으니
오직 영취산을 바라볼 수 있게 해달라는 것이었습니다.
진리를 향한 간절함…….

지금, 세속의 눈으로 보면
유적은 작고 초라합니다.
그래서 더욱 아름답고 위대하게 다가옵니다.
그곳에는 언제나 눈물을 흘리며
정성스레 공양을 올리는 한 무리
티벳의 순례자들이 있습니다.
무릎 꿇고 뚝뚝 떨구는 순결한 눈물방울들

• • •

고귀한 정신은 마르지 않는 강물이 됩니다.
작고 소박하여 오히려 아름다운 순례의 길.
먼 이국에서 떠도는 영혼들에게
평화의 미소를 짓게 하는,
삶의 고난 길을 밝히는 인도의 빛.

위안받는 것은 번민을 더할 뿐입니다.
원망하는 것은 자아를 나약하게 합니다.
온몸으로 용서하세요.
전생을 걸고 기도하세요.

말없는
그들의 눈빛입니다.
그들의 몸짓입니다.

언제나 가르침은 별빛입니다.

그 길을 따라
산은 백설의 포단을 깔고
자신의 모든 것을 내려놓은 나무들이 선정에 들었습니다.
새들이 흔적을 남기지 않고 허공을 날아갑니다.

《잡아함경》에서 어렵기에 가야 하는 길을 안내하고 있습니다.

> 주인이면서 욕됨을 참기 어렵고
> 가난하면서 베풀기 어렵고
> 역경을 만나더라도 법을 실천하기 어려우며
> 부자이면서 교만하지 않고 재물에 얽매이지 않기 어렵다.
> 이 네 가지 법이야말로 가장 행하기 어려운 법이다.

사람 없는 곳에서 혼자의 시간을 더 갖고 싶습니다

싸한 바람이
햇살을 더욱 욕심내게 하는 날입니다.
전 매일 아침 6시 15분, 낮 11시 15분이 되면
제가 있는 관음암에서 큰절 용화사로 향합니다.
처음엔 10분 조금 안 걸린다 싶었는데
지금은 5분 정도 걸리는 것 같습니다.
큰절 큰 법당, 용화전과 지장전에 참배하고
대중과 함께 공양을 합니다.
귀찮다 싶은 날도 있었는데 오가는 길이 워낙 좋아
때론 그 시간이 기다려질 정도입니다.
그만큼 이곳 생활이 몸에 익어간다는 것일 겁니다.
휑하던 방에도 차구와 책들이 하나둘 채워져가고요.
말썽을 부리던 전기와 기름보일러도
일주일에 걸쳐 오늘에야 다 고쳐 방도 따뜻합니다.
여기 스님들이랑 보살님네와도 얼굴이 익어가고
당분간 별 걱정은 안 해도 될 것 같습니다.

• • •

이곳으로 오기 전 참 많이도 걸었습니다.
어느 날에는 열심히 사는 도반과 침묵으로 걸었습니다.
그럴 수밖에 없는 것이 말하기에는
숨이 너무 차고 지쳐 내 몸도 생각도 귀찮기 때문입니다.
마지막 날 스님께서 뭘 할 것이냐고 묻더군요.
아직 특별한 계획이 없다고 하니 세 가지 제안을 하였습니다.
첫째, 스님들 토론 모임을 만들어 사람들을 꾸리는 일
둘째, 선방에서 정진하며 몸과 마음의 도량을 가꾸는 일
셋째, 제주에서 구체적으로 실천해보는 일

첫 번째 제안은 현실성이 없을 뿐 아니라 이미 실패했고,
앞으로도 특별한 여건이 마련되지 않는 한 어려운 일입니다.
두 번째 제안은 제가 하고 싶은 일이기는 한데
사람 없는 곳에서 혼자의 시간을 더 갖고 싶습니다.
세 번째는 계속해서 고민을 해보려고 합니다.
이러한 이유들로 해서

• • •

이곳 통영으로 최종 결론을 내렸습니다.

이러한 결정을 하기까지 많은 생각을 하였습니다.
그동안 살아온 인생을 돌아보면서
제주와 제주 불교는 나의 화두였는데
정작 나에게 돌아온 것은 무엇인가.
조금은 의미가 흔들리기도 했습니다.
그리고 무엇인가 해야 한다는 압박감이
늘 나를 재촉했던 것 같습니다.
문득, 지금은 이 모두를 내려놓을 때라는 생각이 들었습니다.
누구를 위해서도 아니고
무엇을 얻고자 했던 출발도 아니었기 때문입니다.
그냥 좋아서, 하는 동안이 행복해서 살아온 날들이었는데
어느새 나라는 이기심과 소유욕이 끼어들어와
자리를 잡으려 하고 있었습니다.
지금 저는 간디의 자서전과 평전을 읽으면서

• • •

내 마음의 소리를 들으려 합니다.
세상의 무지가 어떠하든 내 마음의 평화가 지켜진다면
무슨 흔들림이 있겠는가.
그래서 매일 아침 한 시간씩
내 스스로가 지혜롭고 평화로워지기를 기도합니다.
아무도 함께하지 않는 나만의 시간입니다.
자연히 세상의 무지는 안쓰럽고 애처로울 뿐
분노나 원망은 일어나지 않습니다.

지금 저의 심중에는
제주에 아란야阿蘭若를 만들까 하는 생각이 있습니다.
기존의 사찰과 제도권을 벗어나
타 종교와의 이해를 떠나 수행과 기도를 하는 곳입니다.
선래왓이 좋을 듯합니다.
마을과 오름 주변을 다 활용하면 과분한 곳입니다.
수행과 기도를 통해 삶을 성찰하고

• • •

현실을 지혜롭게 보는 안목을 키워갈 수 있는 곳입니다.

구체적인 방안은 차츰 세워나가려 합니다.

그보다 먼저 저에 대한 성찰과 방향이 세워져야 할 것입니다.

다 주고 갈 것입니다

한참을 걸망 메고 돌아다니다 귀가하니
해바라기 몇이 덩그런 마당을 지키고 있습니다.
햇살 한아름 품은 씨방을 보듬어 안고
서 있기조차 힘든, 사그라든 지친 육신으로
인정 없는 주인의 귀가에 허리를 펴 고개를 숙입니다.

저들은, 지난 무더운 여름 한낮 더위에도
목마르단 원망 없이 햇살 끌어안았고
비바람 치는 밤
누구 하나 손잡아주는 이 없어도
거친 땅에 뿌리 단단히 박고
지나가는 바람을 위안 삼아
저렇게 서 있었습니다.

현생의 슬픔만이 아닌 전생의 슬픔까지도 기억하는지
걸망을 내려놓는 나에게

• • •

노란 미소를 짓습니다.
삶을 사랑하려면 기다림부터 배워야 한다는 듯.
철새들만이 북부 러시아에서 남녘으로 오는 것이 아니듯
생명에 대한 숭배의 마음을 갖고 있으면
발 없이도 세상 어디든 가고,
인정 없는 곳에서도
사랑의 뿌리를 내리고 살 수 있다는
인내의 가르침을 보여주고 있습니다.

어리석은 중생은 방황을 자유라고 여기며
지친 몸을 매어놓고 쉬며
저들의 고생 모르는 채
씨방을 벽에다 걸어놓고
늦가을 정취에 빠진
방문객들에게 몇 알씩 털어서
여행담과 함께 선심을 쓸 것입니다.

• • •

이렇게 나는
오늘, 무심해진 믿음의 일상에 길들여지고
내일, 감사함도 무디어질 것입니다.
그래도 저이는
다 주고 갈 것입니다.
그리고 세상의 사랑을 다 받을 것입니다.
저도 그러할 것입니다.

나의 목적지를 알 수 있다면 좋겠습니다

중국 다리성의 시장 골목에서

어느 곳이든
그곳의 속살을 보고 싶으면
누구보다 일찍
아침의 거리를 걸으면 됩니다.

햇살의 거리로
손님을 맞이하기 위한
가식의 불빛 치장을 걷고,
어둠의 커튼 뒤로 숨었던
맨얼굴을 한 사람들의 삶이 수줍은 듯 다가옵니다.

오늘 하루도 수고로울 당신
어제의 피로가 남아
아직 힘이 붙지 않은 어깨를
햇살이 토닥거리며
그 부드러운 손길로 위안합니다.

당신, 오늘 하루도 애쓰세요.

빈 의자에 온기가 묻어나자
하나
둘
여행자들이 다가와
어제, 첫 만남의 서먹한 경계를 풀고
주인집 아저씨에게 다정한 인사를 건네며
간단한 식사와 한잔의 차를 주문합니다.

남아 있을 사람과 떠나가야 할 이가
의자를 당겨 앉아
다음 목적지에 관해 이야기를 나눕니다.
자신이 무엇을 해야 할지
자신이 어디로 가야 할지
확실해집니다.

이렇듯

매일 민얼굴의 아침을 맞아

나의 일과 목적지를 알 수 있었으면 좋겠습니다.

겨울을 겪어야 봄이 옴을 잘 알고 있습니다

이제 여행의 목적지에 다다랐습니다.
'어린 왕자'가 되어 높은 하늘에서 내려다본
내 고향은 평화로워 보입니다.
푸른 들녘에 이리저리 난 길 따라
형형색색의 작은 집들과
마늘이며 김장 배추와 유채의 싹을 틔우고 있는 밭들.
지구별의 혜택에 기생한 우리네 삶
쉼을 주는 저 땅에 감사의 기도를 드립니다.

언제나 돌아올 때는
또 떠날 기약을 합니다.
여행지에서는 집을 염려하고
돌아와서는 떠날 날을 그리워합니다.
그렇기에 늘 불만족스러운 삶인지도 모르겠습니다.
어찌하겠습니까, 이리 인연의 끈이 맺어진 것을.
어찌하겠습니까, 그리 살아온 것을.

• • •

하지만, 한 생각 돌려서
머문 자리에 생각도 머문다면
함께하고 있는 것에 감사할 수 있고
떠나고 돌아올 곳이 있음에 감사할 수 있습니다.

여행의 최종 목적지는 삶을 마감하는 곳입니다.
그것도 좀 더 깊이 생각해보면
지금 여행을 끝내며 또 다른 여행을 꿈꾸지만
오늘이 어제와 다르지 않듯
이생의 마지막 모습은
다음 생에도 계속될 것임을 알 수 있습니다.
그렇기에 지금의 자리에서
저 깊어가는 가을 속
움트는 생명의 소식을 알아차려야 하겠습니다.
다가올 겨울이 춥겠지만
겪어야 봄이 옴을 우리는 잘 알고 있습니다.

두고두고 오늘을 많이
그리워할 것입니다

하얀 운동장
눈보라가 회오리칩니다.
그곳에 아이들이 모여 있습니다.
어느덧 어른티를 내면서부터
남의 말을 잘 듣지 않는 아이들
살을 에는 추위에도
저 즐거우니 뛰어놉니다.

보이십니까.
저들을 땀나게 하는 하얀 공
각자 가고자 하는 미래가 다르고
울림이 다른 심장을 가졌으나
통통 튀는 공이 있어
저들을 함께하도록 합니다.
서로의 호흡을 맞추고
발걸음을 한 곳으로 향하게 합니다.

• • •

서로가 서로를 간절히 원하고
서로가 서로를 위해 받쳐줍니다.

저들 가운데 대부분은
얼마 지나지 않아
다시 만나기가 그리 쉽지는 않을 것입니다.
하지만 오늘 함께 흘린 땀을
거리와 시간을 넘어
두고두고 기억하며
살아가면서 많이 그리워할 것입니다.
공허한 삶의 운동장에서
우연히 공을 보게 되면
친구의 얼굴을 그려 넣고 미소 지을 것입니다.

내 마음 연못에
개구리가 울었습니다

어젯밤에는
개구리가 울었습니다.
그리운 친구가 찾아온 듯 절로 미소를 띠게 됩니다.
날씨 변화가 심한 산간에는 아직 이른데
성질 급한 놈인가 봅니다.

저는 나에게
기쁨을 안겨주는데
나는 저에게
무엇을 줄 수 있을까.
저는 작년 여름 심심풀이로 만들어놓은
작은 연못가에서 웁니다.

반가운 마음에 보고 싶어 가까이 가면 울음을 멈춥니다.
서운해서 몇 발자국 물러서면
다시 울기 시작합니다.

• • •

그런 어정쩡한 마음이 오가기를 몇 차례
서운한 마음에서 물러나
본래 자리로 돌아옵니다.
차 한잔을 우리고 나니 평온해집니다.
미안했던지,
저의 울음소리도 한 옥타브 오른 듯합니다.

저는 제 짝 찾는 노래를 불렀을 뿐인데
나 혼자서 착각하고
마음을 들었다 놓았다 하였습니다.
마음을 내려놓고 평온해지기 전에는
저 개구리가 기쁨을 가져다주었다고 생각하였습니다.
저 개구리가 보이지 않아 섭섭하다고 생각하였습니다.
내 마음 연못에 일렁이는 작은 파랑이었습니다.

찻잔 속 다정茶精의 파문

그 때문에 차이는
근원 없는 동심원만
무심히 내 마음을 죄었다 놓습니다.

내 시간에 저들의 시간을 맞추지 마세요

한바탕 꽃바람이 휘몰아 지나갑니다.
올해는 늦추위가 있더니
꽃들이 시차 없이 한꺼번에 피고 집니다.
저들의 시간은 우리와 조금 다른 듯합니다.

지난해 아는 분이
참나물이며 상추를 갖고 오셔서
무던히 자라는 놈들이라며 심어주고 가셨습니다.
이곳 산간의 추위와 좋지 않은 토질 탓에
별 기대를 하지 않았습니다.
아니나 다를까 지난 겨우내 눈이 쌓여 있었고
얼마 전까지 아침 서리가 내리던 터라,
밖에 심은 참나물 싹들은 보이지 않고
비닐하우스 안 상추도 겨우 형태를 유지하고 있었습니다.
하여 상추를 뽑아버리고 고추 모종을 놓았습니다.

• • •

그런데 어제 주위를 돌아보는데
참나물 싹이 올라와 있고
뽑아버린 상추잎이 제법 무성하였습니다.

그랬습니다.
내 시침의 시간으로
저들의 시간을 맞추고 있었습니다.
저들은 저들의 시간이 있어
때가 되면 저리 잘 자라나는 것을……
나의 조급함으로
미리 재단해버린 삶은 없는지 돌아봅니다.

사는 게
별것인가 싶기도 합니다

저녁 예불을 하고 방에 들어오니
어슴푸레해졌습니다.
그래도 동산이 환한 게
해가 많이 길어지긴 한 모양입니다.

오늘은 뒤뜰의 풀을 뽑았습니다.
어제 비가 제법 온 뒤라 쉽게 뽑히더군요.
속리산 법주사의 한 모퉁이에 둥지를 튼
제 방 뒤뜰에는 더덕, 도라지, 구기자 등이 있는데
싹에 제법 힘이 붙었습니다.
벽 중간에다 길게 줄을 매고
더덕 줄기를 올려 감았습니다.
이놈이 다른 친구들을 못살게 굴고 있었기 때문입니다.
또 나중에 꽃이 피면
대롱대롱 매달린 품새가 그만이기도 합니다.
몇 가닥을 올렸더니

• • •

줄이 낭창하니 무게가 느껴집니다.
지금 이 순간에도 바라보고 있는데
눈길이 뿌듯합니다.

사는 게 별것인가 싶기도 합니다.
이렇게 눈 붙이고
마음 담을
뒤뜰 하나 있음 족한 것을.
바람도 서늘합니다.
마음 한구석 무거움도 내려놓습니다.
오늘, 편안히 잘 것 같습니다.

오늘 살아갈 이유를 만들어봅니다

칠석에
비가 옵니다.

노둣돌 넘쳐흘러
가슴 아리던 간절함도 씻겨간
전설의 기억

그렇게 헤어짐은
그리움으로 돌아오지 못하고
먼 시간으로 흘러갑니다.
기억의 저편으로
별빛은 눈물이 되어 흘러갑니다.

절망의 걸음을 옮겨
기도하는 마음으로
가슴을 쓸어내리고

살아오면서 버리고 온 유년의 꿈들을 모아
작은 돌탑을 쌓아봅니다.
작은 숨소리 남아 있는 순수를 빌어
고백처럼 한층 한층……

그래도 아직,
가만히 귀 기울여보면
화석에서 심장의 소리가 들리고
정화수 올리듯
돌에 돌을 얹는 마음이 있어
오늘 살아갈 이유가 됩니다.

전설이 되어버린 칠석,
그날 어머니의 정성이
화석이 되어 굳어버린 내 가슴에
꿈꾸는 유년의 생명력을 불어넣습니다.

지금, 당신이 온전히 주인공입니다

걸을 때는
먼 산을 보지 마세요.

산에 마음을 빼앗기면
길가에 작은 풀들이 자라나 아장아장 걸어가며
건네오는 꽃 웃음을 볼 수 없고,
높은 하늘에서 뽐내는 새들의 날갯짓을 따라
답답한 가슴을 열고
마음의 풍선도 날리지 못할 것입니다.
바람이 오름을 넘으며
늙은 억새의 손을 잡고 하는,
풍이 약간 들어간 지난 세월의 상처와 영광의 이야기
정겹게 들을 수도 없습니다.

내뱉는 이야기의 절반은
추억이 되어버린 지금,

• • •

걸을 때는 먼 산을 보지 마세요.

지금까지 먼 곳을 보며 살아왔잖아요.
그곳에 다다르면 무엇이 있을 거란
기대 때문에 놓쳐버린 삶이 있잖아요.
이야기의 절반이나마 행복하였나요.
견뎌온 자신에게 위안의 씁쓸한 웃음을 던지지 않았나요.
어떠세요.
지금, 저 먼 산이 가까워졌나요.

달려온 탄력에 멈출 수 없어
앞으로만 가고 있는 지금,
걸을 때는 먼 산을 보지 마세요.
지금 내 발이 어디에 있는지,
무엇을 밟고 있는지 알면
지금 만남이 소중해지고

• • •

어제의 나를 위안할 수 있을 겁니다.

새벽이 오면 별들이 하나둘 사라지듯
한 해, 두 해 가슴의 문을 닫으며 떠나가는
그 많던 꿈들의 뒷모습을 지켜보며 살아오지 않았나요.
흘러가는 세월에 맞춰 습관의 옷을 입고
신념보다, 의로움보다
경쟁에서 이기거나 살아남는 게 의미 있는 삶이라 여기며
늘 자신을 믿을 수 없어 하지 않았나요.
내 행복을 지키기 위해서
이웃을 의심의 눈으로 바라보지는 않았나요.
그렇게 확신도 없는 불안을 가슴에 품은 채
미래라는 먼 산을 향해
다시 오지 않을 지금을 놓치고 살아왔습니다.
그 불안을 향해 우리 아이들도 몰아갑니다.

• • •

그래서 오늘 나는 제안합니다.

걸을 때는 먼 산을 바라보지 마십시오.
걸을 때는 발로 호흡하십시오.

그리고
그 발에 땅이 닿고 있음을 알아채고
그 발이 느끼는 감촉을 고스란히 느끼며
다가온 땅에 감사하십시오.
수고로운 발에 감사하십시오.
그리고
스스로를 사랑하십시오.
당신은 우주를 밟고 서 있습니다.
누구도 당신의 자리를 넘볼 수 없습니다.
땅의 감촉을 느끼는 순간
당신은 온전히 주인공입니다.

• • •

그렇게
먼 산을 보지 않고 걸으며
소중한 지금을 낭비하지 마십시오.
'언젠가' '앞으로 곧' '여유가 생기면'이라며
미뤄둔 마음을 오늘 실현하십시오.
매일, 매시간, 매 순간이 특별하기 때문입니다.

당신은 충분히 준비되어 있습니다

더 적게 책을 읽고
더 적게 남에게 배우고
더 많이 스스로 생각하라.

레프 톨스토이의 말씀입니다.

끊임없이 다른 사람의 생각을 따라가다 보면
자신의 생각이 방해받아 위축될 수 있습니다.
나아가 그 상태가 지속되면
생각의 유연성을 잃어버리고
반발의 기회를 놓쳐버리게 됩니다.

책을 읽거나 남에게 배워야 할 때는
스스로 문제를 발견했거나
생각의 줄기를 바로잡지 못했을 때입니다.
요즘의 너무 많은 정보와 앎은

• • •

우리에게 많은 기회와 지혜를 줄 것 같지만
오히려 우리를 더 혼란스럽게 합니다.
이런 혼돈 속에서 선택의 기준은
밖에서 얻어질 수 있는 것이 아닙니다.
자신에게 있음을 깨우쳐야 합니다.

할 수만 있다면
지금까지 배웠던 모든 것을 완전히 지워버려야 합니다.
그때 진정한 나의 의식이 깨어날 것입니다.

나의 호흡 소리
나의 맥박 소리
나의 발걸음 소리
들으면,
내가 살아 있음을 느끼게 하는 것
내 심장을 뛰게 하는 것

• • •

내가 할 수 있는 것들이
무엇인지 알려줄 것입니다.

당신은 충분히 알고 있고
당신의 심장은 충분히 예열되어 있습니다.
당신은 충분히 준비되어 있습니다.

더딘 사람만이
또 다른 세상을
만날 수 있습니다

우리 마음의 장소는 심장입니다

친애하는 당신께
이름도 얼굴도 모르지만
이렇게 편지를 씁니다.
왜냐하면 당신은 저의 고백을
순수하게 들어줄 것만 같기 때문입니다.

지금부터 저의 글은
과거나 미래에 관한 것이 아니라
매 순간 내 마음 안에서 일어났다 사라지는
순백의 이야기들로 채워나가려고 합니다.
때론 고독 속에서의 성찰과 참회, 감사와 기도
어딘가를 걷고 있을 때 다가와 스쳐가는
길에서 만난 대지와 산과 들, 바람, 햇살
그리고 꽃과 새 들의 이야기가 될 것입니다.

얼마 전 남방에서 잠시 공부할 때

• • •

우리 마음의 장소는
심장이라는 이야기를 들은 적이 있습니다.
머리도 아닌 심장……
마음의 처소를 논한다는 것이 가능하기나 한가?
처음에는 이해가 되지 않았습니다.

지금도 완전히 수긍할 수는 없지만
밖으로 향한 모든 감각의 문을 닫고,
양파 껍질을 하나하나 벗기는 것과 같은 수고도 필요 없이
조금만 내 안으로 들어가
불안과 괴로움, 슬픔, 기쁨과 즐거움
그리고 외로움과 고독, 행복감 등
마음의 편린들을 들여다보면
머리와는 다른 가슴의 반응을 알 수 있습니다.

• • •

그래서 앞으로
쑥스럽고 부끄럽지만
저는 가슴으로 쓰고
당신은 가슴으로 읽는
마음의 인연이 되길 기대합니다.

지금의 만남
하나하나가 소중합니다

먼 길 떠나는
까마귀들이 인사를 왔습니다.
백 년 만의 폭설이라는 지난겨울
그 시련의 시간을 함께했습니다.
그래봐야 지척에서도 꺼리지 않는
온감을 나눴을 뿐입니다.

수백 킬로미터를 날아 시베리아로 가야 한다는데
대장 놈은 많은 식구를 거느린 탓에
애를 참 많이도 써서
힘에 부치지 않을지 모르겠습니다.

이제 익숙할 때도 된 것 같은데
가슴 한편이 짠한 것이
작은 정도 무게가 느껴지는 산간의 인연인가 봅니다.
몇 생을 두고 나눠온 인사이거늘

이별은 언제나 어려운 일입니다.

그렇기에
지금의 만남 하나하나가 소중합니다.
별다른 뜻 없이
내 눈길 받아준 것만으로도 감사합니다.

저들이 떠난 자리엔
또 다른 인연이 들어서겠지만
다시 올 수 없는 그 시간을
나와 함께하였습니다.
지금 이 순간,
모든 인연을 감사하며 떠나보냅니다.
지금 이 순간,
다가올 인연을 감사하며 맞이합니다.

흘러가는 대로 두어도 괜찮습니다

하늘
들녘
바다
세상 어디에나 은빛 갈바람이 붑니다.

저 흐르는 구름보다
더 빠른 시간에 맞춰
정해놓은 것도 아니건만
어김없이 인생의 학습은 시작됩니다.
현실은 앞만 보라 하고
삶의 무게는 자꾸 뒤를 돌아보려 합니다.

저 바람은 어디서 시작되었을까.
또 어디로 불어가는 것일까.
시작도 끝도 없는
바람 같은 인연이 맺어지고 이별합니다.

• • •

구름 같은 세상이 그려지고 지워집니다.
여기서, 흘러가는 대로 두어보면 어떻겠습니까.
쓸쓸한 대로
이별하는 대로
너무 마음 주지 말고
나는 나대로……

그렇게 가을 시간을 걷다 보면
흔들리는 억새꽃을 보고도
내 마음은 온전히 나에게로 향하여
누구를 만나도
어디에 있더라도
나의 목소리를 들려주고
인간 아닌 그 모든 생명들처럼
가식 없는 가슴을 나누게 될 것입니다.

갈바람 차갑습니다.

마음의 집 단속 잘해놔야겠습니다.

외로움과
차 한잔 나누겠습니다

건들거리는 햇살이
내 등 뒤로 와서 기댑니다.
한 해를 애쓴 뿌듯함 때문인지
이제 할 일을 어느 정도 마쳤다는 안도감에서인지
넉살이 제법입니다.

애쓴 것이라 해봐야
장작을 집 한쪽 담벼락에 기대어 쌓아놓고
김장독을 묻고
콩은 물에 불려놓아 내일 메주를 쑤어야 하고
무청은 인심 좋은 이에게 부탁했기에
며칠 후 동지가 되어도 동장군을 대접할 만하다는 것과
또 워낙 게으른 탓에
하루하루 달리 걸리는 무채색의 풍경화를
뿌연 유리창으로 감상할 수 있게 되었다는 것입니다.
이만하면 애쓴 것에 비해

...

제법 넉넉한 호사를 누릴 듯합니다.

그리고 내 생애 최고의 벗, 외로움
그와 함께 한잔의 차를 나눌 준비가 되었습니다.
생애 고비마다 진정한 벗이 되어주었던 그를
나는 멀리 떨쳐버리려고만 하였습니다.
오는 겨울에는
그동안 무심했던 그에게
지겹도록 말을 건네려 합니다.
무엇에도 방해받지 않고
온전히 그와 함께할 것입니다.
나를 위해 애써준 그에게
최선을 다할 것입니다.
혹 방문하는 이가 있다면
나의 벗, 외로움을 함께 나눌 것입니다.

• • •

이 호사스런 행복의 시간을
건들거리는 햇살이 방해할까 봐
조심스럽습니다.

지나고 보면
그리운 것이 삶이겠지요

참으로 오랜만에
벗들과 밤바다를 걸었습니다.
까만 바닷가
등대 불빛에 춤을 추는 파도의 하얀 포말
어둠의 정적과 조화로운 파도 소리……
건장한 사내가 숨을 고르며 뛰어가고
나이 지긋한 노부부가 발등을 적시는
물결의 길 따라 하염없이 걸어간 뒤편
모래언덕에서 몇 쌍의 연인들이
도란도란 얘기를 나누고 있었습니다.

시계視界의 끝에 진지하고 다정한 연인
천천히 다가가 보니
맥주와 과자를 앞에 놓고 실랑이를 벌이고 있었습니다.
"당신 얼마 줬어?"
"이만 원 줬는데."

• • •

"잘못 지불했네. 가서 돌려받고 와."
"요즘 성수기라 비싼 것이겠지."
"아냐. 잘못 계산한 것이라니까."
"난 몰라. 당신이 갔다 와."
"……."

점점 멀어져
다시 돌아보니
어둠 속 그들은 처음 그대로 다정해 보였습니다.

삶이란 그런 것이겠지요.
멀리서 보면 아름답고
지나고 보면 그리운……
그러니 다투고 있는 지금 이 순간
우리의 모습도 그런 것이겠지요.

시리기에 더욱 따사로워질 것입니다

차마고도에 가다

북풍이 붑니다.
아직 한낮에는 지난여름 햇살의 온기가 남아 있지만
살갗에 스치는 바람에는
가을이 묻어납니다.

이 바람이 더욱 차가워지면,
당신은 잃어버린 지평선 너머
저 북풍 속으로 떠나갈 것입니다.
당신은 사람들의 발자국을 하얗게 쓸어
누구의 방문도 허용하지 않는
신비의 설산 왕국으로 사라질 것입니다.
성벽에 하얀빛이 더욱 깊어져 푸르스름해지면
그 왕국은
고난하기에 더욱 행복하고
시리기에 더욱 따사로워질 것입니다.

• • •

이렇게 가을 깊어가는 달 밝은 밤에
나는 당신을 떠나보낼 준비를 합니다.
미련의 끈이 길어질수록 가시는 길이 더욱 험난함을 알기에
온기를 넣어 잡은 손을 놓습니다.
그리고 봄이 되면
찬바람이 떠나온 그 길을 따라
훈풍으로 불어갈 것입니다.

당신은 바람이고
나는 탑입니다.
바람이 스치는 길목에 망부의 탑을 쌓았습니다.
떠나실 때 숨이 차면 돌아보시고
나 여기 있음을 아시고
돌아오실 때 산 고개 넘으면
나 여기 그대로
나 여기 그대로

• • •

다리고성의 삼탑으로

당신의 안녕을 빌고 있었음을…….

꽃은 그 마음 저버리지 않고 저렇게 다시 옵니다

하늘이 내려와
미소를 짓습니다.
집 뒤뜰 오가는 귀퉁이에
국화가 피었습니다.

지난 늦은 봄
소쩍새 많이도 울던 날,
지인 한 분이 생애 첫 모종을 발아시켰다며
갖고 온 작고 여린 국화
센 바람 피해 햇볕 잘 드는 곳에다 심었는데
때가 되니 그 마음 저버리지 않고 저렇게 피어
가을 정취를 더합니다.

저와 미소를 나누며 행복해하던 날,
그분은 도시의 삶을 떠나 귀향하겠다고 합니다.
머리로 사는 삶을 내려놓고

• • •

영혼을 살리는 데 농사가 제일인 것 같다며
몸으로 생명의 가치를 느껴보겠답니다.
항상 진지하고 신중한 분이기에……
아마 국화를 심기 훨씬 이전부터
고민하고 또 고민하며 생각의 바닥으로 내려가
국화를 키우다가 그 하늘거리는 미소를 보고
결정인決定印을 고향 땅에 눌렀을 것입니다.

다시 사는 삶
아이가 걸음마를 배우듯,
이제 넘어져도 일으켜 세워주는 부모님도 계시지 않으니
손은 흙이 되고
얼굴에는 햇살의 골이 생길 즈음
국화를 닮은 미소를 지으며
더욱 소중해진 가족과 함께
그의 영혼은 자연에서 에너지를 얻을 것입니다.

바람이 오름을 타고
바다를 만나 춤을 춥니다

지금, 제주의 봄은 바람난 나비 같습니다.
얼어 있던 겨울의 소유물들을 녹여내고
바람은 가볍게 한걸음에 날아올라
오름의 능선을 타고 억새들을 뉘며
곡선의 미美를 연주합니다.
바람으로 오름은 일어나고 다시 내려앉습니다.
다시 숲에 이르러
겨울잠에 들었던 정령들의 손을 잡고 춤을 춥니다.

바람이 송림松林에게 손을 내밀면 솔바람이 되고
대숲에 가 손을 잡으면 댓바람이 됩니다.
생명의 모든 것에는 바람이 있습니다.
바람은 봄을 만나 아름드리 피어 있는 찔레꽃이 되고
도시의 아침을 만나 사람들의 매캐한 짜증이 됩니다.
바람이 불되 바람은 없고 형상만이
우리의 마음을 사로잡습니다.

• • •

시간도 공간도 머무름 없이 오가는 바람에
시시비비가 걸립니다.

얼마 전 객이 와서 간다기에 차비를 주니
낯빛이 밝지 못합니다.
동네 아줌마의 얼굴이 떠오릅니다.
요즘 마늘 값이 안 좋아 걱정이라는데.

며칠이 지나자 다른 벗이 왔습니다.
간다기에 지난번 일도 있고 해서 무리해서 챙겼습니다.
과하다는 눈빛을 합니다.
조금 아꼈으면 절을 찾은 아이들에게
과자를 좀 더 풍성하게 사줄 수 있었을 텐데.
다음 날,
서로 나누며 함께하는 사람이 되어야 한다며
목청을 높입니다.

• • •

함께했던 젊은 시절
눈 푸른 수행자가 되어
어디에도 매이지 않겠다던 옛 맹세는
세월이라는 시간에 변질되고,
눈칫밥이나 주고받는 관계가 되어
씁쓸한 웃음을 흘려보내는 추억이 되었습니다.

저마다의 인연 따라 흐르다
언제부턴가 멈추어 서서
선 자리에다가 금줄을 그어놓았습니다.
자신이 의지했던 진리는
이제 찻방 서고에 꽂아둔 장식일 뿐입니다.
삶의 고단한 먼지가 수북합니다.

창문 너머를 보니
바람이 바다와 만났습니다.

• • •

바다는 '사바하 사바하' 노래하고
바람은 '가세 가세 저 언덕을 넘어가세' 춤춥니다.

더딘 사람만이 또 다른 세상을 만날 수 있습니다

며칠째 눈이 쉼 없이 내립니다.
얼마 전 온다던 지인
전화로 이곳의 상태를 묻더니 다음에 온다고 합니다.

세상과의 단절
또 다른 나의 시간이 시작됩니다.
옷 두껍게 입고 빵모자 눌러쓰고 목이 긴 장화 신고
작은 마을을 돌아 또 다른 세상 들녘으로 나섭니다.
동네 강아지들도 모여 어디론가 길을 나섭니다.
저들에게도 가야 할 세상과 만남이 있나 봅니다.
그렇게 한참을 걸어 동쪽 너른 들에 도착하면
어느새 몸은 따뜻해져
흩날리는 눈바람도 여유롭게 바라볼 수 있습니다.

집으로 돌아와 생강차를 끓여
그 향이 방 안 가득 채워질 즈음

• • •

유리창 너머 마당으로
오래된 벗이 그림처럼 걸어오고 있었습니다.

"차가 안 다닌다던데."
"버스 타고 큰길에서 내려 걸어서 왔죠."

그랬습니다. 자동차에 익숙해진 문화에서
차가 못 가는 곳은 사람도 못 가는 곳이 됐습니다.
차의 편리는 딱 그만큼 관계를 한계 지었습니다.
세상의 시간보다 더딘 사람만이
또 다른 세상을 만날 수 있었습니다.

벗은 돌아가고
방 안 가득 따뜻한 사람의 온기가 남았습니다.

늘 깨어 있게 하는 벗들이 있습니다

작년 여름방학 때였습니다.
절 가까이에 사는 윤경이와 이나가 새벽기도에 왔습니다.
윤경이네 부모님이 다퉈 친구들과 놀면서 밤을 새우다가
답답한 마음에 밤길을 걸어왔다는 것이었습니다.
반갑고 짠한 마음에 다과와 함께 이야기를 나눴습니다.
두 아이는 다음 날, 그 다음 날도 왔습니다.
그러나 이 일이 고통의 시작인 줄 짐작도 하지 못했습니다.
차츰 아이들이 불어나
친척 집에 놀러 온 아이들까지 가세하여
스무 명 가까이나 되었습니다.

그러던 어느 날 아침, 갑자기 소란스러웠습니다.
한 아이는 울고 나머지 아이들은 웃고 난리가 났습니다.
승호가 손톱에 봉숭아 물을 들이고 나타났기 때문이었습니다.
아들이 귀해 위로 누나를 다섯이나 두어서 그런지
여자아이들과 잘 노는 아이입니다.

• • •

지난밤에 누나들과 놀다가 꼬임에 넘어간 승호는
봉숭아 물을 손톱에 들이고 합장하고 있었습니다.
부러워하는 아이와 놀리는 아이로 나뉘었습니다.
웃음을 참아내며 '스님도 한번 해보고 싶었는데 부럽다'라는
말로 그 고비를 넘겼습니다.
그런데 문제는 여기서 비롯되었습니다.

다음 날, 미소를 머금은 승호의 손에
까만 봉지가 하나 들려 있었습니다.
아이들의 눈을 보고 무언가 상황이
심상치 않음을 알아차렸을 때는 이미 늦었습니다.
덩치가 만만치 않은 중학생들에게 잡혔습니다.
열린 봉지 안을 보니
아니나 다를까 봉숭아 꽃잎이 가득했습니다.
나는 열 개의 손톱뿐만 아니라 발톱까지 물들였습니다.
한술 더 떠서

• • •

매니큐어 예술가들의 고문을 당해야만 했습니다.
작업을 마치고 아이들은 의기양양하게 돌아갔습니다.

낮에 방문한 여성분에게 놀림을 당한 후
아세톤으로 지웠는데 꽃물은 도무지 지워지지 않았습니다.
그 무더운 여름 내내 양말을 한 번도 벗지 않고 생활한
위의威儀를 갖춘 여법한 모습으로 지냈습니다.
그러나 손톱은 가릴 수 없어
온 마을에 소문이 가득하였습니다.

그 사건 이후,
차츰 아이들의 부모님이 새벽기도에 참석했고
지난가을부터는 매주 목요일에 경전 공부도 하게 되었습니다.
그렇게 절은 아이들과 부모님들이 수시로 드나들며
마을 이야기를 전해 듣기도 하고 고민도 나누는
사랑방이 되었습니다.

• • •

봉숭아 물의 흔적은 지금 내 손에서 찾아볼 수 없지만
아이들과 부모님들의 마음에는 지워지지 않는 모양입니다.
며칠 전 시내에 사는 몇 놈이 부모님과 함께 와서는
음흉한 미소를 던지며
여름이 빨리 왔으면 좋겠다고 합니다.
게으른 나에게 그들은 늘 깨어 있게 하는 벗입니다.

자신의 이야기를 해야 가슴에 가 닿습니다

몇 해 전 여름이었습니다.
땀을 뻘뻘 흘리며 도반과 함께
깊은 산골에 은거하고 계신 한 노장님을 찾았습니다.
동행했던 도반이 도심 한복판에 있는 절을 맡게 되었는데,
지금까지 선방禪房에서 경학만으로 수행했던 스님이라
포교 일선에 나선다는 것이
조금 당황스럽기도 하고 걱정도 되었습니다.
그런 연유로 평소에 마음으로 존경하던 노스님을 찾아뵙고
문안도 드리고 자문도 받을 생각이었습니다.

산사에 도착하니 노스님께서 설법을 하고 계셨습니다.
"요즈음 사람들에게 가장 필요한 것은 '순수'야.
순수한 마음을 잃어버리면서부터
모든 문제가 발생했단 말이야."
하시면서 법문은 시작되었습니다.
그리고 노스님이 들려주신 일화의 한 토막은

• • •

한 시간 내내 신도분들에게 재미와 감동을 주었습니다.
이 일은 훗날 도반이 포교하는 데
병도 되고 약도 되었습니다.

법회 첫날 나는 긴장된 도반을 조심스럽게 지켜보았습니다.
우리들 사이에서는 처음으로
사찰의 어른 소임을 맡았기에
그날 도반은 최고로 멋있고 자랑스러웠습니다.

반갑습니다. 옛날 산골에서 농사짓던 순진한 가족의 이야기를 들려드릴까 합니다. 하루는 장가간 아들이 소 팔러 장에 가서 늙은 시아버지와 며느리 둘이 밭에 가게 되었습니다. 한나절이 지나도록 일을 하니 시아버지가 목이 말랐죠. 갖고 온 물이랑 막걸리도 다 떨어졌는데 해가 지려면 아직 한참 남아 있었습니다. 침만 꿀꺽꿀꺽 삼키는 모습을 지켜보던 며느리가 안타까운 마음에 "아버님, 이 젖이라도 잡수시겠어요?" 하였습니다. 몹시도 목이

• • •

탔던 터라 시아버지는 맛있게 먹었습니다.

저녁이 되어 장에서 돌아온 아들에게 시아버지는 며늘아기 칭찬할 요량으로 낮에 있던 일을 들려주었습니다. 그런데 웬걸, 아들이 벌컥 화를 내며 "왜 우리 색시 젖을 드셨어요?" 하는 게 아니겠어요. 화가 난 아버지는 "니는 우리 색시 젖을 얼마나 많이 먹었는데!" 하였답니다.

이 얘기는 노스님이 들려주신
일화의 한 토막이었습니다.
그리고 이런저런 '순수한 사람들의 이야기'를
더 덧붙이고 나서
도반은 무사히 첫 법회를 마쳤습니다.

그런데 그날 저녁
절에 있는 전화기마다 불이 날 정도로
신도들의 항의 전화가 쇄도했습니다.

• • •

어떻게 스님이 돼서
그런 야한 이야기를 할 수 있느냐는 것이었습니다.
도반은 '자신의 본래 뜻은 이러저러한 것이었다'고 해명하며
밤새 진땀을 흘려야만 했습니다.
그러면서 나에게 이렇게 말했습니다.
"왜 노스님이 하실 때는 깔깔대며 웃기만 하더니,
내가 하니까 난리들이지?"

똑같은 욕이라도 큰스님이 하면 법문이 되고
똑같은 야한 이야기라도 젊은 스님이 하면
음담패설이 되는 도리가 있는 것입니다.
다 때가 있고 그릇에 걸맞은 이야기가 있는 것입니다.

그날 일이 약이 된 것은
서툴러도 자신의 이야기를 해야
가슴에 가 닿는다는 사실을 깨달았기 때문입니다.

솔잎차 한잔으로도 행복합니다

장마 때 물이 새서
처사님들 몇 분이 오셔서 지붕을 고쳤습니다.
비가 온 뒤라 햇볕이 따가운 데다
익숙하지 않은 일이라 고생이 많았습니다.

며칠 뒤,
솔잎차가 생각났다며
더위를 피해 차를 마시러 오셨습니다.
지난번 집수리해서 고친 곳을 돌아보며
모두 흐뭇한 표정을 지었습니다.

그분들 가운데 한 분이 말했습니다.
"스님, 제가 지난번 일을 해보고 자신이 붙어
시골집 대문을 고쳤습니다."
"힘 안 드시던가요?"
"전기드릴과 몇 가지 공구가 있으니 할 만하던데요."

• • •

"사모님 앞에서 목에 힘 좀 주셨겠네요?"
"말씀 마십시오.
무게 좀 잡고 반나절 만에 고쳤다고 자랑했더니
칭찬은커녕, 그렇게 금방 고칠 수 있는 것을
1년 넘게 그냥 놔뒀다고 혼만 났습니다."

모두 박장대소를 했습니다.
역시 우리네 아줌마는 강자입니다.
아이들에겐 한없는 사랑의 화신이지만
남편에겐 절대 권력을 갖고 통치할 줄 아는 고수입니다.
어쩌겠습니까.
이게 다 우리 남자들에게
6할 정도의 책임은 있을 테니까요.

이럴 땐, 얼음 몇 개 동동 띄운 솔잎차가 최고입니다.

마음은 항상
같은 자리에 머무릅니다

나는 오늘
참으로 오랜만에 그 친구를 만났습니다.
어렸을 적부터 알고 지내던 사이여서
늘 궁금하던 참이었습니다.
그 친구는 늘 내게 희망을 주었습니다.
늦게 시작한 수영을 가르쳐줬고
어떤 게임에서나 같은 편이 되어줬으며
뒷동산에 함께 올라
맑은 날에나 볼 수 있는 바다 위의 섬을 바라보며
미래에 대한 희망의 이야기도 나누었습니다.

한번은 서로 몹시 서운한 적이 있었습니다.
학교에서 단체로 한라산을 올랐는데,
선생님은 우리들에게
가장 먼저 오르면 상품을 준다고 하였습니다.
지금 생각해보면 아마도 경쟁을 시켜

• • •

옆길로 새거나 뒤떨어지지 않게 하기 위해서였나 봅니다.
나는 그 상품을 꼭 타고 싶었습니다.
상품을 갖는 것보다 내가 가장 산을 잘 탄다는 것을
증명하고 싶었던 겁니다.
몸이 약했던 그 친구는 자꾸만 뒤로 처졌고
나는 어느 순간 혼자서 내닫고 싶기도 했습니다.
그러나 차마 그럴 수 없었고
우린 결국 한참 뒤처져
나도 그 친구도 아무런 말이 없었습니다.

그렇게 서로에게
의지하기도 하고 실망하기도 하면서 지내다
세월이, 세상의 현실이, 인연이
우리를 한참이나 떨어져 있게 했습니다.
솔직히 고백하면, 때로 그 친구를 잊은 적도 있었습니다.
그렇지만 힘이 들고 삶의 걸음을 멈추고 싶을 때면

• • •

어김없이 그 친구가 생각났습니다.

오늘도 여느 때와 다름없이 걸었습니다.
그러다 너무나도 우연히
그러다 너무나도 생각 없이
그러다 너무나도 준비 없이
그를 만났습니다.
이마에 주름도 생기고
눈도 나빠져 안경을 썼지만
여전히 그 친구는 따뜻한 미소를 내게 건네고 있었습니다.

우진제비오름 작은 옹달샘에 비친 그 친구는
참 나를 닮았습니다.

유년의 보리 나라를 기억합니다

보리가 익어갑니다.
누런 물결이 들판의 바람을 따라 흔들리면
나의 마음도 따라 흔들거립니다.

유년의 보리 나라에서
'삐— 삐-' 길고 짧은 보리피리를 불며
학교에 가던 그 아이를 기억하십니까?
고령의 분들은 배고픈 절박함이 생각나시겠지만
내겐 마냥 즐거운 시절이었습니다.

보리를 수확하고 나면 짚단으로 '눌'을 쌓았습니다.
어른들은 불 지필 요량이었지만
우리들에겐 그보다 좋은 놀이방이 없었습니다.
눌 밖의 몇 개와 함께 안쪽의 짚단을 좀 더 많이 빼내면
우리들만의 아지트가 만들어졌습니다.
더러 너른 공간을 확보하려다

• • •

너무 많이 빼서 무너지는 날에는
마음씨 좋은 동네 삼촌을 모셔와
복원을 해야 하는 수고도 있었습니다.
물론 그곳은 몇몇 절친한 친구들만이 알았고
혹여 나중에 알게 된 한둘은 섭섭함으로
심통을 부리거나 어른들께 일러 혼나게도 하였습니다.
그렇게 섭섭함을 경계로 비밀이 형성되었습니다.

밥 몇 숟가락을 그릇이나 봉지에 떠서 '개역'을 넣고 흔들면
고소하고 든든한 간식거리가 되었습니다.
이와 더불어 방과 후나 주말에는 딱지를 들고
약속하지 않아도 하나둘 그곳에 모였습니다.
가끔 다툼이 생겨 서먹한 관계에 놓인 친구도
비 오는 날에는 스멀스멀한 습기처럼 슬그머니 기어들어와
개역을 한 숟가락 나눠 먹고
두툼해진 입술로 웃으며

• • •

통통한 배를 두드리고 나면
마음은 비 갠 후 무지개처럼 피었습니다.

우리들에게 얼마 되지 않은 그런 시절이 있었습니다.
하나둘 생겨나는 흰머리, 주름진 이마,
처진 어깨에 회복되지 않는 뱃살을 가진 중년이 되어도
가져도 가져도 채워지지 않는 물욕과 불안한 마음 안에
그 유년 시절의 기억이
순수함 그대로 간직되어 있습니다.

삶과 죽음이 이어져
우리는 다시 만납니다

어머님 전에
들국화 한 송이 올립니다.
이제 이 꽃을
볼 수 없다는 것을 알지만
제가 할 수 있는 것이
무엇인지 모르겠습니다.
울어도 들을 수 없고
손을 잡아도 느낄 수 없다는 것을 압니다.
그래도,
뭐라도 해드리고 싶은데……
이별의 시간을 준비하였는데도
아직 부족한가 봅니다.

그래도
육신으로 맞이하는 마지막 시간이기에,
제가 해드릴 수 있는

• • •

유일한 것이기에
소중하게 보내겠습니다.

성스럽고 자애로운 분들께 기도드립니다.
지금 저희 어머님 앞에
저승 중간계의 여명이 밝아 오고 있습니다.
이 길은 옛 성현들도 가신 길입니다.
혹, 무엇이 나타나든 두려워하지 말고
모든 것이 마음이 만들어 낸 환영임을 알아차리게 하소서.
홀로 방황하지 않을 수 없을 때,
자애로운 모습과 무서운 모습을 한 성현들의 인도를 받아
두려운 환상을 극복하는 빛 가운데로 들어가게 하소서.
심한 혼란 속에서 윤회 세계를 방황하고 있을 때,
신성한 법통을 이어받은 스승들의 인도를 따라
배우고 생각하고 명상하여
흔들리지 않는 빛의 길을 가게 하소서.

• • •

쌓아놓은 악한 성향 때문에 고통당할 때,
이생에 했던 작은 선행의 불씨가 일어나
투명한 빛을 비추게 하소서.

어머님,
그 고통의 소멸이라는
성스러운 길로 나아가소서.

동쪽의 끝이 서쪽이고
서쪽의 끝이 동쪽이듯
이승의 끝이 저승이고
저승의 끝은 이승일 것입니다.
그렇게, 삶과 죽음이 이어져
우리는 다시 만날 수 있을 것입니다.
다음 생에 다른 몸을 받더라도
저를 잊지 마시고 반갑게 맞아주소서.

• • •

이제,

볼 수 없고

들을 수 없고

느낄 수 없어도

마음을 다해 마지막 삼배를 올립니다.

죄송합니다.

고맙습니다.

사랑합니다.